Sランクが最高の異世界ですべてのステータスがSSSになっちゃった!
KiNG novels
愛内なの
Nano Aiuchi
illust:ひなづか涼

真面目な女騎士
セシリア
行動的でエッチな妹
ノエル

村のしっかりお姉さん
タチアナ

Sランクが最高の異世界ですべてのステータスがSSSになっちゃった！

contents

第一章　強者の仕事

それはある激しい台風の日だった。

いつものアルバイトから帰宅する途中だった俺は、どこからか飛んできた立て看板の直撃を食らい、そのまま近くの増水した川に転落して死んだ。

終始混乱したまま意識を失った俺が次に目を覚ましたとき、そこは寂れた喫茶店の一室だった。

その窓際のボックス席に、俺はひとり座っている。

店内には他に誰もおらず、不思議なことに窓の外の景色がぼやけていて、正確な場所や時間さえも分からなかった。

「……はい？　これは、どういうことなの!?」

完全に覚醒した俺は、意識を失う前とあまりに違う状況に思わず立ち上がる。

「いや、だって俺って看板にぶっ飛ばされて川に落ちたんだよね！　なんでそれが喫茶店なんだ？」

あの状況から奇跡的に助かったとしても、目が覚める場所は病院とかじゃないとおかしい。

そんなことを考えていると、突如声をかけられた。

「そこの青年、落ち着きなさい。君は確かに死んだよ」

「ッ!?」

一瞬前までは誰もいなかったはずの正面の席に、頭にずた袋を被った、白衣の人間が座っていた。

声からして十代の少女らしいけれど、そのあまりのファッションに問いかけることすらできない。

だってずた袋と、それに白衣。あまりにもアンマッチだ！

死んだと思ったらいきなり喫茶店に居て、その上この少女だ。まったく意味が分からない。

ぼう然としていると、彼女が再び声をかけてくる。

「ほら、まずは座ってほしいな。なんならコーヒーも出すよ。ホットでいい？　ミルクと砂糖は？」

「あ……はい。ホットでいいです。ええと……ミルクは一つと砂糖は二つでお願いします」

声は若いが、荘厳さを感じさせる雰囲気に思わず従い、席に腰を降ろして答える。

その背格好や声からすると、年齢は俺より何歳か年下だろう。それなのに何故か、老齢な人と会話しているような気分だ。

自然と、俺の言葉遣いも敬語になった。

ちなみにコーヒーは好きだけど、未だにブラックは飲めたものじゃないと思ってる。

「うんうん、だいぶ落ち着いてきたみたいじゃないか。とても素晴らしいよ」

相変わらずずた袋で表情は分からないけど、多分笑ったんだろう。

穏やかな声と共に彼女は何度か頷き、次の瞬間には俺の前にコーヒーとミルクと砂糖が現れた。

「うわ……あ、温かい……」

「熱さを感じるということは、もう分かるよね？　ここは現実だ。でも、君はもう死んでしまった」

彼女の言葉はある意味予想どおりのものだったので、もうさっきのように慌てることはなかった。

「……あぁ、やっぱり。なんとなく分かってましたけど、じゃあここはいったい何ですか？」

「うん、それについてはコーヒーでも飲みながらゆっくり話そうか。ここは現世と切り離された空間だ、時間はたっぷりある」

それから、俺はこのずた袋を被った変な少女から、状況の説明を受けることとなった。


一つ、ずた袋の彼女はいわゆる神様みたいな存在で、この世界の生物の生死を管理していること。

一つ、俺はすでに死んでしまい、生き返ることは出来ないこと。

一つ、俺は神様たちの行っている実験の被験者として選ばれ、異世界に転生して人生をやり直す機会が与えられたこと。

一つ、実験は「人間を転生させる」ことだけなので、その後の人生には干渉しないこと。

一つ、転生に際して、俺の望む能力を一つだけ授けてくれること。


そして最後に、転生せずにこのまま死者としての扱いを受けることも出来ると言われた。

その他にも、これから転生する予定の世界について彼女からいろいろと説明を受ける。

「……さて、こんなところかな。状況は分かってくれたかい？」

「ええ、まあ何とか……こんな状況じゃ信じるよりほかにないです」

「懸命だね。それで、どうする？　もし転生するのが嫌なら、今のうちに言ってもらいたいな」

俺は彼女のその言葉に、すぐ首を振った。

「とんでもない！　せっかくもう一度新しく人生を始められるなら、それを選ばない理由なんてないでしょう！」

実を言えば、少しこういった状況に憧れを抱いていた部分もある。

自分が天才だとは思わないけれど、今の記憶と人格と知識を持ったまま転生すれば、普通よりちょっと凄いことが出来るんじゃないかってね。

「ふふ、その意気だよ。さて、次は君に与える能力の話に移ろうか」

嬉しそうに言った少女は話を続けた。

彼女によれば、与えられる能力や条件は、実に多岐にわたるという。

例えば王族といった身分の高い地位に産まれることも出来るし、産まれながらにドラゴンを従えることも可能だという。

転生する先は俗に言うファンタジー世界だけど、ＳＦに出てくるロボットを持ちこむことだってできるそうだ。神様って、本当に何でもできるんだなぁ。

もちろんこれには興奮したけれど、俺には一つ確認しなければならないことがあった。

「俺が転生する世界って危険なんですか？　日本と同じくらい安全って訳じゃないんですよね」

「うん、そこは少し問題だね……どうやら地域によってはモンスター相手に食うか食われるかの戦いをしているところもあるようだし」

相変わらず落ち着いた様子で言うずた袋の少女だけど、それを聞かされたほうの俺はたまったもんじゃなかった。

「じょ、冗談じゃない！　身分や金なんかどうでもいいから、身を守れる能力が欲しいです！　転生先の世界に居る、どんな強い奴に襲われても撃退できるだけの能力を‼」

せっかく第二の人生を手に入れても、それを暴力で命を奪われては何の意味もない。

俺はその暴力を退けられるだけの力を彼女に求めた。

「なるほど、ならそうしようじゃないか。悪辣な貴族に目をつけられても、死の伝染病が蔓延しても、ドラゴンに襲われても生き残れる力を与えよう」

「よ、よかった……」

「うん、少なくとも君の生命の安全は確保されるだろうね」

彼女はそう言って笑うと、立ち上がって俺のほうに手を伸ばす。

「これで準備は整った。君は我々の実験に参加する代わりに第二の人生を手に入れる。幸運を祈っているよ」

「はぁ、神様にそう言われるのはなんだか複雑な気分ですけど……ありがとうございます」

そう言って握手を交わし、俺たちは別れた。


次に目を覚ましたとき、俺は異世界で新たな人間として生を受けていた。

中世風な文化と技術を持ち、人々は凶悪なモンスターの脅威に晒されながらも懸命に生きる世界。

転生する前、あらかじめずた袋の彼女に聞いていた世界そのものだ。

そこに俺はジェイクという新しい名前を与えられて産まれた。

(ついに転生した……これから第二の人生を始めるんだ！　前世とは違う世界、楽しみだなぁ！)

転生してから初めて見る光景に興奮しっぱなしだった俺だけれど、その感激は長く続かなかった。

異世界には一つ、元の世界にはない特異な法則があった。

その名はステータス。

人間の能力を客観的に測り、「S・A・B・C・D・E・F・G」の八段階でランク付けする法則。

筋力や俊敏性といった分かりやすいものはもちろん、家事や交渉力といったものまでランク付けされている。細かく分類すれば、その項目は一千を軽く超えるという。

そのステータス、本来は特別な道具を用いなければ測ることが出来ないのだけど、俺にはなぜか、生まれつき自身のステータスを閲覧する力があった。

そして問題なのは、そこに表示されていたランクだ。

通常SからGまでのランクが記されいる項目に、ＳＳＳというランクがズラッと並んでいた。

(…………なんじゃ、こりゃあああああ!?)

あまりの事態に思わず立ち上がろうとしてしまった俺だが、残念ながら今は赤子の身。

それでもランクＳＳＳの筋力は伊達ではなく、ぷにぷにのマシュマロのような足で一メートルは跳躍してしまった！

そして残念ながら、飛び上がる力はあっても受け身を取れるほどには、まだ自由に体は動かない。

(わっ、わっ、ひぃぃっ！　ぎゅむっ、いってえええええっ!!)

床に叩きつけられた俺だが、ＳＳＳの防御力で傷一つつくことはなかった。だが、その衝撃と痛みには悲鳴を上げる。何事かと慌ててやってきた母親が、驚いて抱き上げてくれた。

（うぐ……これが俺に与えられた能力？　確かに凄いけど、下手したら誘蛾灯(ゆうがとう)みたいに災いを引き寄せそうだぞ!?　これは、何が何でも能力を隠さなければ……）

俺は母親の腕の中で、これからの人生に不安を抱き始めるのだった。

◆　◆

ずた袋の彼女に導かれ転生し、この世界に産まれてから二十年弱の時間が経っていた。

結局、俺は転生してから特に何か大きなことをするでもなく、今でも生まれ育った村の一員として暮らしている。それは俺が授かった能力が、軽々しく使ってしまえば明らかに面倒なことになる代物だったからだ。

「ステータス限界がSの世界で、全部のステータスがSSSランクとか……。公になったら確実に悪いことに巻き込まれるもんなぁ……」

非常に強力だが、同時に爆弾みたいな存在でもあるこのステータスは、平和に生きるなら隠しておくのが一番だ。ということで、俺が決めた暮らし方は前世とまったく同じ。つまり定職を持たないフリーターとして生きることだった。

一つの職業に留まると、尋常じゃないステータスで必ず目立ってしまう。

かと言って、手を抜いて仕事をするのは申し訳ない。

そこで、村のいろいろな職場で、誰にでもできるような手伝いをやることにした。

「おかげで手先が器用だとか体が丈夫だとかは言われるけど、必要以上に目立つようなことにはなっていない。思い描いていた第二の人生とはだいぶ違うけど、まあ安全第一だもんな。今のところ食うには困ってないし、こういう暮らしも悪くない」

そんなことを呟きながら、俺は湖で獲れた魚の入った籠を担いで村に戻ってきていた。

数年前に両親が他界したので、ひとりで住んでいる家の前で籠を下ろすと、軽く伸びをする。

「んーーっ！　ふぅ、今日の夕飯は魚の塩焼きにするかな」

「こんにちはジェイク君。今日は湖で猟師さんの手伝いをしてたの？　美味しそうなお魚ね」

「うぇっ!?」

急に後ろから声をかけられ、俺は飛び上がるように驚く。

振り返った先にいたのは、長く美しい金髪を持つ女性だった。

名前はタチアナ。この村でも一番美しいと言われる、みんなのアイドル的な存在だ。

二十歳を超えたばかりで、今まさに女性として花開いたばかりの美しさは、噂に聞く王都の姫君にも勝るのではないかと思ってしまうほど。

スタイルも良く、大きく張り出した胸とお尻のわりに、腰はキュッとくびれている。

美貌だけでなく性格も良く、しっかり者で慈愛のある人だ。

村の歳が近い男たちは、みんなが彼女を嫁に貰いたいと思っている。俺もそのひとりだった。

相手がだれでも優しく話しかけてくれるし、悩んでいたら親身になって相談に乗ってくれる。

俺も以前仕事のことで悩んでいたとき、タチアナさんに相談に乗ってもらって助けられた。

特に俺と彼女には他にない共通点もあり、その分親近感が湧いたのか、親身になって話を聞いてくれた印象がある。明確に彼女を意識し始めたのは、その時からかもしれない。

「タ、タチアナさん！　そうですね、湖での仕事を終えたところです！」

幸いご近所さんなので、話す機会はゼロではないのだが、面と向かって話す状況になると少し緊張してしまう。

「畏まった言葉を使わなくてもいいのに。お互い早くに親を亡くして苦労を分かち合った仲間だわ」

そう、共通点とは俺と同じように、彼女もすでに親を亡くしているということだった。

それもあって、他の男たちよりかは俺に対する反応も柔らかい気がする。

「いや、俺はあちこちの仕事の手伝いをしているだけで……その点タチアナさんはすごいですよ。あなたのキノコは美味しいって、村でも評判ですし」

苦笑いしながらそう言って誤魔化す。

苦労したのは事実だが、彼女は両親から引き継いだキノコ栽培場を立派に守っている。

商品の品質も良く、他の家がやっているキノコ農場に決して劣るものではない。

それに引き換え、俺は前世と同じフリーターだ。

これだって村では立派な職業だけど、タチアナさんと比べてしまうと日陰者感はぬぐえない。

「わたし、ジェイク君はもう少し一つの仕事に集中できれば、立派に稼いでいいお嫁さんももらえると思うわ」

「あははは、そうですね……」

俺の為を思って言ってくれるのは嬉しいけれど、やっぱり本気を出して働くわけにはいかない。

そんなことを考えていると、遠くから人影がこちらに走ってくる。

少し目を凝らせば、それがタチアナさんによく似た顔立ちの少女だと分かった。

「お姉ちゃん！　いつまでのんびりしてるの？　もう夕飯の準備始めるよ！」

「ノエル、迎えに来てくれたの？　ごめんなさいね、ジェイク君と立ち話をしていて」

この会話のとおり、走ってきた少女はタチアナさんの妹だった。

名前はノエル。歳はタチアナさんよりも五つほど年下だっけ。

姉に似た綺麗な金髪をツインテールにした、活発な子だ。

とは言っても、その活発さを見せるのはほとんど姉の前でだけ。

少し人見知りの気があって、他の村人たちや同年代の子とも、あんまり遊んだりしないらしい。

この世界ではノエルくらいの年齢で結婚する子もいるけど、浮ついた話も聞かないな。

事実、今も俺のほうには少し視線を向けたくらいで、タチアナさんの手を引っ張っている。

「お姉ちゃん、はやくはやく！　もうお腹すいちゃった！」

「はいはい、分かったわよ」

「それに、ご飯を食べた後は勉強を手伝ってほしいの。モンスターの図鑑で分からないところがあって……」

「あなた、ほんとにあの分厚い図鑑が好きね……モンスター学者にでもなるつもり？」

ノエルの旺盛な好奇心には、実の姉であるタチアナさんも呆れていた。

そういえば以前、ノエルが河原で一抱えもありそうな分厚い本を開いているのを見たことがある。あれがその図鑑だろうか。全部読んだら、本当に博士になれそうな代物だった。

「じゃあジェイク君、また今度。近々キノコを収穫するから、おすそ分けするわ」

「じゃあ俺も、何かお返しを用意しとかないとですね。じゃあまた」

俺はそう言うと軽く手を振って、ふたりと別れる。

その後は仕事の片づけをして、予定どおり焼き魚で夕食をとり、密かに出かける準備をする。

そして、村全体が寝静まる時間を見計らってから、近くの森へと出かけた。

「さて、昼間目をつけていた奴は……この先の河原か」

それぞれがランクSSSを持つ感覚器官を総動員し、排除するべき敵の位置を掴み、移動する。

この場合の敵とは、村に危害を及ぼす可能性があるモンスターだった。

俺の生まれ育ったサイト村は、レフィノール王国の東部にある村の一つだ。

特別土地が肥沃だったりする訳ではないが、周辺にモンスターが少ないこともあって、一つの村としては大きな規模の八百人ほどが暮らしている。

この世界に転生する前に、モンスターのことを聞かされてかなり怯えていたけれど、どうもこの国でモンスターが多く生まれるのは南の森と西の山らしい。

おかげでこの辺りは平和だけれど、それでも凶悪なモンスターが迷い込んでくる数はゼロじゃない。村にもモンスター狩りを生業（なりわい）とする冒険者はいるけれど、せいぜいが中堅どころのランクだ。

時には、彼らでも手に負えないモンスターがやってくることもある。

そして、この村で俺が唯一真剣に取り組む仕事が、そういった危険なモンスターの排除だった。

「……よし、いたな」

身を隠した木の裏から川辺を窺うと、そこには家畜さえ丸のみにできそうな、巨大な牛の頭部を持つモンスターが休んでいた。

「ミノタウロスか……よし、やってやろう！」

ミノタウロスは非常に好戦的なモンスターで、人間も食料にしてしまう。放っておけば俺たちの村に限らず、間違いなく周辺に危害を加えるだろうから排除しないといけない。

俺は両手に厚い手袋をはめると、立ち上がって駆け出した。

モンスターを倒すのに武器は要らない。ランクＳＳＳの筋力から繰り出される拳の一撃は、ドラゴンの鱗だって叩き割るからだ。

「ブルルル……グゥ？」

どうやら向こうも俺の接近に気づいたようで、傍らに置いてあった巨大な斧を手に立ち上がる。

だが、俺はミノタウロスが斧を振りかぶるよりも早く、接近して拳を振るった。

「ふっ、せいっ！」

「グアアア……グブゥッ!?」

自慢の斧でこちらを薙ぎ払おうとしたミノタウロスは、直後に胸部へ俺の拳を受けて吹き飛んだ。

斧と合わせて重量一トンはあろうかという巨体が十メートル以上も飛び、そのまま背後の木をへし折って崩れ落ちる。

「……やったな」

倒れたまま身じろぎ一つしないミノタウロスを見て、俺は一つため息をついた。

後は、この巨体をどこか人目につかないところまで運んで捨ててくるだけでいい。

森の生き物たちが、上手く処理してくれるだろう。

そんなことを考えながらミノタウロスへ手を伸ばそうとしたとき、突然背後から声がかけられた。

「もしかして、ジェイクお兄さん？」

「ッ!?」

咄嗟に振り返ると、そこには松明を掲げたノエルの姿があった。

(何でノエルがここに!? 何で気づかなかった……あぁ、ミノタウロスに注意を向けてたから……)

どうして彼女がここにいるかも気になったけれど、それよりも重要なのは、俺がこのミノタウロスを倒したところを見られたかだ。もし見られていたら、かなり厄介なことになってしまう。

内心冷や汗をかく俺に対し、ノエルは軽い足取りで近づいてくるとミノタウロスを覗き込んだ。

「うわ、ほんとにミノタウロスだ！ 初めて見る、おっきー……凄いね。これ、お兄さんがひとりでやったんでしょう？ 討伐するには、全員ランクC持ちの冒険者パーティーが最適って言われてるのに、それをひとりで！」

その言葉に一瞬ドキッとしたけれど、平静を装って答える。

「いやいや、何を言うんだよノエル！ こんなバケモノを俺ひとりで倒せるわけないだろう？ 倒れてたところを見つけ……」

「誤魔化さなくてもいいよ、倒すところもしっかり見てたもん。早すぎてよく見えなかったけど、一撃だったよね？」

「うぐぅ……」

もう誤魔化しようがないと悟って、天を仰いだ。

（あぁ、とうとうバレてしまった。これ、村の人たちに知られたら絶対問い詰められるよなぁ……どうしよう、これからも平穏に暮らすには、もう逃げるしかないのかな……）

絶望に打ちひしがれていると、ノエルがツンツンと俺の腕をつつく。

「……なんだい？」

「秘密にしたいなら協力してもいいよ、お兄さん」

「えっ」

ノエルはまるで、悪女のような怪しい笑みを浮かべていた。

「あたし、モンスターに凄く興味があるの。将来は本気で学者さんになりたいんだ。でも、本だけじゃ、学べることに限りがあるでしょう？　だから、これからもお兄さんの狩りに同行させてくれるなら、秘密にしてあげる」

「タチアナさんも言ってたけど、学者になりたいって本気なんだね……。でも、ただでさえ森の中は危ないのに狩に連れていくなんて危険すぎるよ」

「じゃあどうするの？　口封じのためにあたしを殺しちゃう？」

「そんなことはしない！　……もしノエルがこのことを村の人に話すなら、俺はどこかへ消えるよ」

もう十年近く狩りを行って、数えきれないモンスターを殺してきたけれど、人間を殺すなんてことは出来ない。

「ふふ、優しいね。でも、あたしはお兄さんに村を出てってほしくないかな。今までも、こうやって密かに村を守ってくれてたんでしょう？」

「……ああ、そうだね」

認めるように言うと、心の中に得も言われぬ満足感が溢れてくるのを感じる。誰にも知られず、ひとりでやっていた危険な仕事を誰かに認めてもらえる……今までに感じたことのない嬉しさだった。

自然と警戒心が緩んでしまっていると、ノエルが微笑んで体をくっつけてきた。

「ねえ、あたし……お兄さんにお礼したいな。今までひとりで頑張って村を守ってくれたお礼」

「ノエル？」

「これからするのは、あたしが勝手にすること。だからお兄さんは拒んでも逃げても、やめさせてもいいよ？」

「一体何を……ちょっ、そこはっ！」

ノエルが俺のズボンの股間に触れ、俺は慌てて後ずさりした。

けれど、数歩下がったところで木の幹に背が当たってしまう。

「ふふ、もうそれ以上は下がれないね♪　ねえお兄さん、秘密を共有しようよ。ふたりでいい関係を築こう？」

ノエルは明るく、しかし怪しい雰囲気を纏ったまま俺を追い詰める。

そして目の前でしゃがむと、今度こそズボンに手をかけてずり下ろした。

「ッ！」

「うわ、これが男の人のおちんちんなんだ……」

躊躇なく肉棒を露(あらわ)にしたノエルは興味深そうにそれを観察すると、次に綺麗な指で触れてきた。

「ノ、ノエル……」

「少し柔らかい、でもどんどん硬くなってきてる……本当に嫌だったら止めてね？　でも、あたしは感謝の気持ちを受け取ってほしいな」

俺の心をくすぐるような言葉を使いながら、肉棒を手で愛撫し始める少女。

雰囲気は違うけれど、顔立ちはタチアナさんによく似ているだけに思わず興奮してしまう。

「あはっ、どんどん大きくなってきてる♪　もしかして、お姉ちゃんのこと考えてる？」

「なっ……そんなことは！」

「こういうの、女の子は鋭いんだよ？　まあでも仕方ないか、村の男はみんなお姉ちゃんに夢中だもんね。綺麗だし優しいし賢いし、おっぱいも大きいし」

彼女は面白そうに言いつつ、自分の服に手をかけて胸元をはだけた。

「でも、おっぱいはあたしもそこそこ大きいんだよ。ねえ、見てみて？」

露になった乳房は、確かにタチアナさんには及ばないものの、ノエルの年齢を考えれば十分以上に大きい巨乳だった。

「お、大きい……揺れてる……！」

活発で可愛らしい風貌とはギャップのあるセクシーな胸に、視線を釘付けにされてしまう。

あたりまえのように、肉棒はガチガチに勃起してしまっていた。

「おお、こんなに大きくなるんだ……じゃあ次は味見しちゃおうかな、あむっ！」

「ノエル!?　あぐっ、うおっ……！」

止める間もなく彼女は口を開き、そのまま肉棒を頬張ってしまった。

「はむっ、じゅるっ……なんだか変な味。でも、おちんちんはさっきよりビクビクしてるね……気持ちいい？」

「く、口のなか温かくて、舌がグルグル動いて……気持ちいいっ」

思わず正直にそう言ってしまうと、ノエルは嬉しそうに微笑んだ。

「あはっ、じゃあもっと舐めちゃうね？　お兄さんにもっと気持ち良くなってほしいから……んじゅっ、じゅるるるるっ！　れろぉっ！」

「うっ、ヤバッ……ノエル、どこでこんなテクニックを!?」

「んむ、れろ……うちってお父さんが読書家だったから、田舎の家にしては本がたくさんあるでしょ？　読んで中身も憶えちゃったやつを数冊、行商人が来るたびに他の本と交換してもらってるの。その時、お姉ちゃんに内緒でエッチな本も交換したことがあるんだよね♪」

「そんなところまで勉強熱心なのか……ぐっ！」

会話の中でノエルが強く吸いついてきて、思わず木に寄りかかってしまう。

頭では今すぐ止めるべきだと思っていても、与えられる快感に体が動かない！

「はぁはぁ……なんだかあたしも頭がクラクラしてきちゃう……」

フェラを続けるノエルの頬もだんだん赤くなり、より身に纏う妖艶さを強くしていた。

下半身から送られてくる快感も刻一刻と増えて、興奮の限界が近づいてくる。

(何やってるんだ俺は、相手はタチアナさんの妹だぞ!? でも、こんなの気持ち良すぎるっ！ 無理矢理引きはがせない！)

理性と快感がせめぎ合い、だんだん快感が強くなって理性が隅に追いやられていく。

ノエルも慣れてきたのかフェラがさらに激しさを増し、もう戻れないところまできていた。

「はぁっ、ぐっ……ノエルッ、もう出る、出すからっ！」

「んじゅっ、はふっ！ 出るの？ 射精するの？ いいよ、あたしのお口にちょうだい！ お兄さんの射精受け止めさせてっ！」

根元に真っ白な指を巻きつけてしごきながら、先端を舌で舐めまわすノエル。

純粋な快感と、美少女が舌を突き出してフェラ奉仕している絵面に興奮が頂点まで達した。

「出すぞ！ ぐっ、うっっ!!」

突き抜けるような快感と共に、溜め込んでいた興奮が一気に解放された。

「ひゃうっ!?」

鈴口から飛び出した精液がまずノエルの口内に、そして勢い余って頬や鼻のあたりまで白く汚す。

「凄いっ、射精すごいよっ！ あむっ、んっ、ぐぅ……れろ、ごくんっ！」

しばらくして肉棒が最後の精液を吐き出すと、ノエルは口内に溜まったそれを喉を鳴らして飲み込む。そして、口周りについたものまで指や舌を使って集め、全て飲み込んでしまった。

「んくっ、はぁっ……初めて見る射精、それに精液、凄かった……お兄さん、これで少しはお礼になったかな？」

直前まで顔を白濁で犯されていたとは思えない、明るい笑みを見せるノエル。

彼女のその表情に、俺の興奮は収まるどころか再燃していた。

今射精したばかりの肉棒が再び硬くなり、ノエルの前にその姿を誇示する。

「……これは、まだ満足してないみたいだねぇ。男の人って普通は一回射精したら一応満足するみたいだけど、もしかして絶倫ってやつかな？」

それを見てもなお笑みを絶やさない彼女に、俺は苦々しく告げる。

「ノエル、正直もう……自分を抑えられそうにないんだけど……」

俺の頭の中は、もっと目の前の美少女を犯したいという思考で埋め尽くされていた。

もうフェラチオくらいじゃ、とても満足できないくらいに高まってしまっている。

「うわ、ほんとにさっきより苦しそうだね。これは、とっておきのやつで満足してもらうしかないかな？」

「ノエル……？」

俺が問いかけるより早く、彼女は近くの木に手を突いて俺のほうにお尻を突き出した。

今までしゃがんでいて見えなかったけれど、こちらも魅力的な可愛らしいお尻に思わず息を飲む。

「お兄さんにならあたしの処女、あげてもいいよ。別に責任を取れなんて言わないから、これはお礼だもん」

いくら危険なモンスターを退治しているお礼だからって、こんな美少女の純潔とは単純に秤にかけて良いものじゃないのではないか？

一瞬そんな葛藤があったけれど、俺はいつの間にかノエルの後ろに移動して彼女の腰に手を置いてしまっていた。

「……責任は取るから」

「ふふ、本当に優しいね。でも、お姉ちゃんのことが好きなんでしょ？」

「別に、妻はひとりしか持てないなんて規則はないはずだよ」

よく考えもせずに口走ってしまったけれど、それを聞いたノエルは目を見開いて、これまでで一番いい笑顔を見せた。

「わぁ、そういうこと言っちゃうんだ……少し本気で惚れちゃうかも。ねえ、あたしも我慢できなくなってきちゃった。興奮してる顔を見てると体がゾクゾクするの！　お兄さんなら……とかじゃなくて、もうお兄さんがいい。あたしの処女、ここで貰ってほしいな♪」

俺にはもう、言葉で答える余裕がなかった。

スカートをめくり、ショーツをずらすと肉棒を秘部に押し当てる。

「あっ……いいよ、そのまま入れて。あたしの中、もう恥ずかしいくらい濡れちゃってるからっ！」

「俺ももう我慢できない、一気に奥まで入れるからね！」

逃がさないようにガッシリと彼女の腰を掴むと、宣言どおりに腰を突き出す。

一瞬強い抵抗があったけれど、構わずそのまま奥まで肉棒を突き入れた。

「いぎっ!? あっ、かはっ……ひぅ、あぁっ……」

肉棒が最奥まで到達するのは一瞬の出来事だったけれど、その間にノエルの体は、まる感電したかのようにビクビクと震えた。

その震えは挿入し終わったあとも続き、同時に膣内はギュウギュウと肉棒を締めつけてきた。

「ノエルの中、滅茶苦茶熱くて狭いよ！ 入れてるだけなのに、動かなくても搾り取られそうだ！」

処女の秘穴に与えられる快感に耐えながら、彼女の様子を窺う。

「はぁ、はぁ、はうぅっ……お、お兄さん、そんなに気持ちいいんだ？ あはは、嬉しいなっ♪」

「大丈夫か!?」

「うん、ちょっと痛かったけど……もう大丈夫だよ。でも、ほんとにおっきいね、お腹の中が串刺しにされちゃってる気分……」

そう言って苦笑いしながら、片手で下腹部をさするノエル。

大人っぽいタチアナさんと違って、まだ完全に少女の域にいる彼女に自分の肉棒が突き刺さっている光景は、かなり背徳感を煽られる。

俺の興奮につれて肉棒がビクビクと動くと、その刺激でノエルが熱い息を漏らした。

自分の肉棒でノエルが喘いでいるのを見て、改めて後戻りできない場所にいるのを実感する。

そんなとき彼女が振り返って、情欲の籠った目で見つめてきた。

「んはっ！　はぁ……おちんちん、かわいそうなくらいビクビクしているよ？　動きたいんだよね、あたしもう大丈夫だから。お兄さん、セックスしよう？」

「ノエル……ッ！」

その瞬間、頭の中からいろいろな葛藤が吹き飛んで腰を動かし始めた。

ガッシリと腰を掴んだ手はそのままに、ノエルの小さな膣穴へと肉棒を打ち込んでいく。

「あひっ、ひゃっ、ああっ！　はげっ、しいっ……お兄さん、モンスターみたいだよっ！」

ノエルの言うとおりだと思う。

自分が獣のようになっている自覚はあったけれど、抑えられなかった。

だって、あんなに挑発的な言葉で煽られたら誰だって我慢できないじゃないか！

俺は肉棒から精を搾り取るように絡みついてくる膣内の感触を味わいながら、ひたすらに腰を動かす。技術もへったくれもないけれど、ノエルは十分に感じてくれていた。

「ひうっ、ひゃぁぁっ！　おちんちんに突かれるの、体が溶けちゃうくらいに気持ちいいよぉっ！」

「俺も最高に気持ちいいぞっ！　くっ、狭い穴にまた搾り取られそうだっ！」

今さっきフェラで射精したというのに、驚くほど早く射精感が蘇ってくる。ノエルの口や顔を白く染めたように、今度は膣内と子宮を真っ白にしてやりたいという欲望が、際限なく高まった。

「やひっ、はぁぁっ、パンパンッてまた速くなってるっ！　気持ちいいの止まらないよっ！　あひっ、あんっ♪」

可愛らしい声で喘ぐ彼女の声が聞こえるたび、肉棒はさらに張り詰めていく。

ノエルもすでに膝がガクガクで、興奮は限界に近いはずだ。

けれど、彼女は俺に目を向けるとまた笑みを浮かべる。

「ねえ、もっと激しくしてっ！　限界までお兄さんを感じさせてっ！」

「ノエル！　でも……っ！」

今だってかなり激しいのに、これ以上強くしたらどうなってしまうのか。

両手で抱えている細い腰を見ると、不安になってしまう。けれど、彼女は首を横に振る。

「そんなのいいからっ！　ひぐっ、んぅっ……壊れちゃうくらい激しくっ！　今はお兄さんであたしをいっぱいにしてほしいのっ!!」

目尻を潤ませながら言うノエルの姿に、ガソリンを注がれたように興奮が燃え上がった。

「こいつ……そこまで言ったなら後悔するなよ！」

今までより激しく、文字どおり叩きつけるように腰を動かす。

「いっ、ぐぅっ！　ひゃあああぁぁっ！　あひっ、あうぅぅぅぅっ、くひぃっっ!!」

もはや言葉を発する余裕すらなく、ただ嬌声を上げるノエル。

月明かりを反射する美しい金髪のツインテールが大きく揺れ、よく実った双丘が腰の動きと共に揺れる。お互いの興奮を打ちつけ合うようにしながら高め合い、とうとう限界がきた。

「ひぃっ、ひぃぃっ……イクッ、もうイっちゃうよぉ！　お兄さんっ、あたしもうイクぅぅっ!!」

「俺も出すぞっ、一緒にイくからなっ！」

そう言うと、自然にノエルの頬が緩んだ。

「嬉しいよお兄さん！　ねえっ、今度は全部中に出してっ！　一滴もこぼさずに、全部中にっ！」

今度は、俺も躊躇することはなかった。

両手でしっかりノエルの腰を引き寄せ、膣内射精する。

「ひゅううっ、ひゃっ……ああっ、中にっ！　イクッ、イクイクッ、ひゃあああぁぁあぁぁっ!!」

森の中に響くような声を上げ、中出しされながら絶頂するノエル。

可愛らしい彼女の顔が快楽に歪み、だらしなく蕩ける様子にはたまらなく興奮した。

「全部中に出すからなっ！　くっ、うぐっ……」

彼女が求めたとおりに、ぴったりと腰を押しつけて最後の一滴まで膣内に注ぎ込む。

狭い膣内で逆流する隙間もない精液は、そのまま奥へと逃げるように子宮を満たした。

最後に肉棒の震えが収まって、俺はようやくノエルから離れる。

「ひゃ、はぅっ……おなかの中、いっぱいだよ……」

笑みを浮かべながらそう言うと、ノエルは急に力が抜けたように崩れ落ちる。

「うわっと！　危ない……って、気を失ってる！」

なんとか地面に倒れる前に確保できたけれど、ノエルは完全に意識を失っていた。

「うわっ、ちょっ、どうしたら……って、慌てるな！　息はしてるし、とりあえず体を拭いてやらないと」

興奮で体は汗だくだし、股の間からは収まり切らなかった白濁液が流れ出ている。

間違ってもこのまま家には帰せない状態だった。俺は手持ちのハンカチやタオルを使ってなんとかノエルの体を綺麗にすると、彼女を近場の木にもたれかけさせ一息つく。

そうして今度は自分の身を取り繕っていると、目を覚ました少女に声をかけられた。

「お兄さん、今度こそ終わった？」

「ああ、おかげさまで。というか、いくら誘われたとはいえ、酷いことしちゃったな、ごめん」

客観的に見れば和姦かもしれないけれど、知り合いの少女、それもあのタチアナさんの妹をここまでグチャグチャにしてしまったと思うと後悔の念が押し寄せてくる。

そんな俺を見てノエルはため息をついた。

「はぁ……今のことはお礼って最初に言ったじゃない。お兄さんは気にしたくていいんだよ？」

「いや、でもやることはやっちゃったから責任は取るよ。タチアナさんにも事情を説明して……」

「説明してどうするの？　あたしたちが出会った経緯まで話す？」

「あっ……」

そうだ、それを知られてしまっては、俺はもう村を出るしかない。

「けど、このまま責任を取らないいんじゃ……」

「ふふ、そこは譲らないんだ。お兄さんらしいね」

そう言って笑ったあとで、ノエルは真剣な表情になって提案してくる。

「今日のことはふたりだけの秘密にしましょう。もちろん、今度モンスターを倒しに行くときはあたしも連れてってちょうだいね？」

「……ああ、分かった。本当は危険だから嫌なんだけど」

彼女の言葉に俺は頷くしかない。

「大丈夫よ、お兄さんが守ってくれるでしょう？　その代わり、あたしもお兄さんのことを手伝ってあげる」

「えっ……？」

何のことだと疑問に思っていると、ノエルはいつものような明るい笑みを浮かべた。

「お姉ちゃんのこと、お嫁さんに狙ってるんでしょう？　妹のあたしが手伝ってあげるってこと！」

「はっ⁉　いやでも、それは……」

「なによ、エッチの最中に姉妹まとめてお嫁さんにするって言ってたじゃない。あれ嘘だったの？　けっこう感動してたのに……」

「……いや、嘘じゃない」

正直、興奮の最中で何を言ってたなんて、ほとんど忘れているけど。

でも、ノエルが協力してくれるというなら、そんな無茶なことも出来るかもしれない。

ふたりで秘密を共有しながら、これまでどおり村で平和に暮らせるかもしれない。

そう考えると、彼女の提案を蹴るという選択はなくなる。

俺はこの瞬間、のんびりと惰性で過ごす日常に別れを告げた。

これからはノエルの協力を得ながら、タチアナさんを嫁に貰うために頑張るんだ！

「さっすがお兄さん！　じゃあ、これからはお互いに協力者ね、よろしく！」

「ああ、よろしくノエル！」

俺たちは互いに手を取り合って握手する。

こうして、俺とノエルの協力関係が始まるのだった。

◆　◆

あの日、夜の森でノエルと出会ってから二週間ほどが経った。

彼女と協力関係を築いたと言っても、俺の村での暮らしは大きく変わらない。

ただ一点、夕方になって家に帰ると、ノエルが部屋に上がり込んでいることがあるようになった。

「ただいま。今日もいるのか？」

家に帰って台所に荷物を置くと、リビングのソファーでくつろいでいるノエルに声をかける。

「うん、今日はお姉ちゃんのキノコ農場の手伝いも早く終わったから」

「そっか。まあタチアナさんに怒られない程度に、ゆっくりしていくといいよ」

そう言うと、持ち帰った手提げ袋を開けて夕食の準備を始める。

数年前に病(やまい)で両親が死んでからひとりで暮らしていただけに、家に自分以外の誰かが居るという
だけでも気分がよかった。

それに、彼女がここに居るのは俺との約束を果たすためでもある。

そのまましばらく料理を続けていると、玄関の扉がノックされた。

鍋を火の上から退けて扉を開けると、そこに居たのはバスケットを持ったタチアナさんだった。

「タチアナさん、こんばんは」

「こんばんは、ジェイク君。もしかして、今日もノエルがお邪魔してない？」

「ええ、来てますよ。リビングで勉強中です」

そう言うと、タチアナさんはため息を吐く。

「あの子ったら……ごめんなさいね。このところ急にお邪魔するようになって、迷惑でしょう？」

「そんなことはないですよ！　うちもひとりですから、にぎやかになるのは嬉しいですし」

少し申し訳なさそうなタチアナさんにそう言って、ノエルを庇う。

こうしてノエルが家に来るようになってから、彼女を探してタチアナさんも来るようになった。

おかげでタチアナさんとの会話の機会も、急激に増えている。

この二週間でもう、半年分くらいは会話をしたんじゃないかな。

「ノエル！　いつまでもお邪魔してたらいけないわ、帰るわよ！」

「ええー、もう少しくらいいいじゃない！　それに、どうせお姉ちゃん、お詫びにって食べ物持ってきてるんでしょ？　三人で夕ご飯にしちゃおうよ！」

奥のリビングから顔を出したノエルが、そう言って姉を誘う。

「そんな、わたしまでお邪魔になるなんていくらなんでも……」

妹の思わぬ提案に躊躇するタチアナさん。

俺はノエルとの打ち合わせどおり、ここですかさず踏み込んだ。

「いえ、迷惑だなんて！　実は今日、ちょうど魚介のスープを作りすぎちゃってて……もしよければご一緒しませんか？」

かなり緊張したけれど、なんとか言い切った……ひとりだったら確実に噛んでたよ。

俺の言葉を聞いて少し迷うような仕草を見せたが、タチアナさんは結果的にうなずいてくれた。

「ジェイク君がそう言うなら、少しお邪魔しようかしら」

「どうぞどうぞ！　もうすぐスープが出来上がりますから、リビングでくつろいでいてください！」

「じゃあ、お邪魔しますね」

彼女はそう言って微笑むと、初めて家の中に入ってくる。

そのままリビングに案内すると、俺は心を落ち着けるために台所へ避難した。

「……ふぅ、上手くいった」

一息ついて汗をぬぐうと、いつの間にかやって来たノエルに声をかけられる。

「ねえねえ、作戦成功でしょう？　お姉ちゃん、ああ言えば絶対断らないの」

楽し気に、しかし声をひそめながら言う彼女。

「ノエルの言うとおりだったよ、さすが姉妹だね」

「ふふっ、順調に距離が縮まっているねー。どう、初めて意中の女の子を家に招いた気分は？」

「正直すっごく緊張してるよ。ノエルがいなかったら、ろくに話もできなかったかも。ありがとう、助かったよ」

そう言って苦笑いすると、彼女は楽しそうに笑みを浮かべた。

「まあ、今日のところはこれくらいかな？　それよりお兄さんの夕食、楽しみにしてるね！」

そう言ってリビングに戻るノエルを見送り、鍋のほうに視線を戻す。

「よし、最低限恥ずかしくない味にしないとな」

俺は気合いを入れ直し、料理の最後の仕上げにかかる。

こうしてノエルの助けもあり、俺は今までになくタチアナさんとの距離を近づけることが出来た。

今までは単なる顔見知りのご近所さんだったけど、今では夕食も一緒に食べたことがある仲だ。

これはかなり大きいんじゃないかと思う。

とはいえ、まだまだプロポーズを受けてもらえるかというと、そういうレベルじゃない。

根気強いアプローチが必要だ。それに、俺にはもう一つの約束もある。

すなわち、ノエルをモンスター狩りに同行させるという約束だ。


数日後、俺は家から抜け出したノエルを連れて夜の森の中に入っていた。

昼と違って、ほとんどの生き物が寝静まっている夜の森は静かだ。

月明かりも木の葉で遮られてしまい、先もよく見渡せない。

そんな中を、俺はノエルを背負って進んでいた。

「すごい、さっきからどんどん進んでる！　お兄さん、こんなに暗いのに前が見えるの？」

「まぁね、俺は特別目がいいからさ」

ランクSSSの視力は人間の限界を超え、どんなに少ない光でも辺りが見える。

たとえ星明りしかないような密林の中であっても、昼間と同じように歩くことが出来るだろう。

「それより、モンスター狩りに同行するときの約束は覚えてるよね？」

俺はここに来る前、家で教えたことをもう一度確認するよう問いかける。

「うん、大丈夫。お兄さんに降ろしてもらった場所から動かず、声も上げない。迎えに来るまでじっとしてるよ」

「よし。俺もノエルに怪我してほしくないからね。あちこち歩き回られると困る」

「あたしが怪我すると、お姉ちゃんに申し訳が立たないから？」

「まあそれもあるけど、未来のお嫁さんに傷つけたくないのは当たり前じゃないか」

そう言うと、彼女が肩越しに組んでいる腕の力を強めた。

「……あたしのこともちゃんと考えてくれてるんだ、お兄さんのそういうところ好きだよ」

「ありがとう。じゃあしばらく大人しくしててくれるかな。モンスターに近づいてる」

「うんっ」

そこは森の中にある広場だった。火事ででも燃えたのか、一帯が綺麗に更地になっている。

「おかしいな、この前までこの辺りにこんな広場はなかったんだが……いつの間にか火事でもあったのかな？」

そして、その広場のど真ん中に巨大な人型モンスターが大の字で横になっていた。

「あれが今晩倒すモンスター？」

開けた場所で月明かりが遮られないからか、ノエルにもよく見ているようだ。

「そうだね、この辺りにいるモンスターで強力なのは、今はあいつだけだ。今まで戦ったことがないタイプなのが不安だけど」

見た目は、二メートルを超す巨体を持つ人食い鬼のオーガに似ているけれど、目の前のモンスターは、それのさらに二倍くらいはある。

それに、オーガなら何かしら武器を持っているはずなのに、それも見られない。

「あれはファイアトロールだよ、お兄さん」

「……ノエル、見ただけで分かるのか？」

彼女の言葉に驚き、思わず聞き返す。

「うん、あの巨体と大きくて不細工な鼻、何より間抜けそうな寝顔はトロールそのものだよ。それに見て、体のあちこちに赤い文様があるでしょう？　あの文様があるのはファイアトロールといって、自由に炎を操る能力があるの」

「そりゃ凄いな……ってことは、この広場も奴が焼いたのか！」

「うん、多分。放っておいたら村が丸ごと焼かれちゃうかも」

「そんなことはさせるもんか。情報ありがとうノエル、ここで隠れててくれ」

緊張した声になった彼女にそう言って安心させる。

俺は近場で大きな岩を探すと、その陰にノエルを降ろした。

そして、彼女の体を一緒に持ってきた黒いローブですっぽり覆う。

「よし、ここで待っててくれ。このローブを着ていれば炎も大丈夫なはずだ」

「……これは？」

「何か役立つかと思って、前に退治した強いモンスターの羽を合わせて作ったローブだよ。元々は頭が二つあるデカい鳥……鷲だったかな？」

「頭が二つの鷲って……ルーラーイーグル!? ランクS持ちの超人冒険者でも、パーティーを組んで戦うっていうバケモノじゃない！　少し前に、凄腕の冒険者たちが撃退したって聞いたけど……」

「まぁまぁ、運がよかったんだよ。ともかくそのローブがあれば大丈夫だよ。トロールはあのときの鳥ほどは強くないと思うし」

確か、あの鳥と戦ったのはまだノエルより若いころだったか。それまではステータスにものを言わせて、ただ殴っていただけの俺に、戦いというものを教えてくれた相手だった。

感謝の念を込めて精一杯料理して食べたのを覚えている。とんでもなく美味しかったなぁ。

「お兄さん、ほんとに何者なの……」

呆然とした様子のノエルを置き、俺はファイアトロールのもとへ向かう。

奴は俺が近づいても気にせず盛大に寝息を立てていて、感心してしまうくらいに鈍い。

とはいえ、このまま寝込みを襲うような真似をするのも後味が悪いので、一度起こすことにする。

「おい、起きろ！」

「フガァッ!?」

耳元まで近づいて大声を出すとトロールもさすがに気づいたようで、ノロノロと起き上がった。

寝ているときにも増して間抜けな仕草だったが、モンスターを見慣れない人間には、小山が動き出したように見えて恐ろしく思うだろう。

「グウウウウ……」

トロールは眠そうな瞳を擦って特大の目ヤニを落とすと、興味深そうに俺を見降ろす。

強力なモンスターの中には知性があるものもいたが、こいつにも多少の思考力はあるようだ。

「おいトロール、すぐにここから出て行って、人間がいないような山奥に立ち去れ！　そうすれば命は助けてやる」

自分の中の決め事として、最低限こちらの意志を理解出来そうな知恵のある相手には警告を出すことにしている。明らかに村に害を及ぼしそうだったり、最初から敵意のある場合は除いて。

トロールも俺の言葉の意味は理解できないだろうけれど、雰囲気は読み取ったらしい。

自分が威嚇されていると分かったとたん、肩を怒らせて咆哮した。

「グオオオオウッ!!」

「やるつもりか、なら遠慮はしない！」

トロールとの戦いが始まる。

だが結果から言えば、勝負は十秒で着いた。

万が一にもノエルに攻撃を向けさせないため、俺は初手をトロールに譲る。

奴はノエルの話どおり体にある赤い文様を発光させ、炎を生み出して俺を燃やし尽くそうとした。

そこで俺はその炎に自分から突っ込み、そのままトロールの胸を殴り飛ばしたんだ。

滅茶苦茶に熱かったけれど、火傷をしないと分かっているからこそできることだった。

まさかトロールも炎の中から俺が飛び出してくるとは予想できなかったようで、間抜けな顔をしたまま二十メートル近く吹き飛ばされ、近くにあった岩に激しく頭をぶつけて倒れた。

トロールが倒れると辺りに残っていた炎も消え、やがて森に静寂が戻る。

俺はもう二度と奴が動かないのを確認してから、それからノエルを迎えに行った。

彼女は岩の裏からこっそり戦いを除いていたようで、顔を見るとたいそう興奮しているようだ。

「すごいっ！　あの大きなファイアトロールを一撃で倒しちゃうだなんて！　前にルーラーイーグルを倒したっていうのも本当なんだね!?」

「だから、そうだって言っただろう」

「でも、普通信じられないよ……お兄さん、なんでこんな田舎の村で手伝いの仕事なんかしてるの？　モンスターを倒す冒険者になれば一流……いや、超一流の戦士になれるのに！」

「戦いはあんまり好きじゃないんだ。だから、村の平和を脅かしそうなモンスターが近づいてきたときだけは、仕方なく戦ってるんだよ。血なまぐさいことはなるべくしたくない」

「そっか、お兄さんがそう言うなら仕方ないね。他の誰にも言わないよ」

ノエルは少し残念そうだったが、俺の話を聞くとそう言ってくれた。

それから、俺は手早くトロールをさらに森の奥まで引っ張っていって放棄する。強い毒を持っていたりするモンスターなら厳重な処理が必要だけど、トロールなら大丈夫だろう。

それから、未だに戦闘の余韻で興奮の残るノエルを連れて森から帰ることにした。

「ねえお兄さん、あたしのモンスターに関する知識は役立った？」

帰り道の途中、行きと同じように背中におぶさっているノエルが話しかけてきた。

「ああ、そうだね。正直俺は知識がないから、ノエルの助言は助かったよ」

今回も、もしオーガと同じ感覚で戦っていたら炎を出されたときにかなり驚いただろう。

負けはしないまでも、用意がなければ軽い火傷くらいは負っていたかもしれない。

「ふふっ、じゃあ次からも連れていってもらえる？　きっと役に立つよ」

「今回みたいに約束どおり大人しくしてくれるならね」

「やった！　お兄さん大好きっ♪」

背後からギュッと抱きつかれ、思わず笑みがこぼれてしまう。

タチアナさんは綺麗な人だけど、ノエルも十分以上に可愛らしい。

そんな子を俺は嫁にすると言い、彼女はそれを受け入れたんだ。

ノエルにも相応しい男になれるよう頑張ろうと、改めて思うのだった。


ファイアトロールを退治してから数日の時間が経った。

幸い連続で強いモンスターが現れるようなことはなく、村では平穏な日々が続いている。

そして、今日は俺にとって少し特別な日だ。なにせタチアナさんのキノコ農場の手伝いに行くんだから。村でいろいろな仕事を手伝っている俺は、何をやらせてもそこそこ仕事が出来る便利な奴ということで、繁忙期にはかなり声がかかる。

姉妹ふたりでやっているタチアナさんのキノコ農場も、キノコを育てる原木の伐採に男手が必要になるときがあるんだ。

村の林業を営んでいる職人たちはなかなか忙しくて手が離せないので、その職人たちのところで仕事を習った経験のある俺が手伝うことになった。

「ジェイク君、今日はよろしくお願いしますね」

「うぅ……お兄さん、おはよう」

朝からキノコ農場に向かうと、既に待っていたタチアナさんが丁寧に出迎えてくれた。

いつもより口調が丁寧なのは仕事だからだろうか。優しい印象だけど、少しクールな彼女も魅力的だ。横にはノエルがいて、こちらはまだ少し眠そうにしている。

「おはようございます。今日は原木の採取ですよね？」

「はい、今のうちに来年の分の原木を確保しておけば、次の種付けの頃によく乾燥しているんです」

「なるほど……じゃあさっそく向かいましょう。切り倒す木の指定をお願いします」

俺はタチアナさんに先導され、農場の奥の森に入る。

しばらく進むと風通しのいい広場と、そこに建てられた大きな小屋が見えた。

「切り倒した木は、あそこで乾燥させるんです」

「なるほど……」

彼女はそう説明すると、近くの木のいくつかに紐を巻きつけて印とした。

「伐採をお願いしたのは印をつけた木です。切り倒した後、なるべく葉はつけたままお願いします。そのほうが乾燥しやすくなるので」

「よし、任せてください。今日中に全部切り倒してやりますよ！」

俺が腕まくりして職人の親方から借りてきた斧を担ぐと、彼女は嬉しそうに笑みを浮かべた。

「あら、頼もしいわね。じゃあ私は家に戻ってお昼ごはんの準備をしているわ。ノエルを残しておきますから、何かあったら言いつけてください」

最後に表情を柔らかくした彼女はそう言い、家のほうへ戻っていった。

いつになくやる気に満ちた俺は斧を振り上げ、印のつけられた木に向かって振り下ろす。

「ふんっ！」

だが、よく刃が研がれた斧は威力があり過ぎて、一撃で木の幹を両断してしまった。

「あっ、おおっと！」

俺は慌てて幹に手を添え、他の木にぶつからないように地面へ倒す。

「ふぅ……力を入れすぎたか」

「もう、お兄さん張り切りすぎだよ！　その調子じゃお昼になる前に全部切り倒しちゃう。もっとゆっくりやったら、夕ご飯も家に招待するのに」

ノエルが呆れたように言い、俺は逆に目を見張った。

「俺はタチアナさんに昼飯を作ってもらえるだけでも十分嬉しいんだけど、夕飯もだって!?　あぁ、それは考えなかったな……」

「あははっ、ほんとにお兄さんは人が良いねぇ。もうちょっと素直になったっていいんだよ？」

ノエルはからかうように言いながら、俺のほうに近づいて腕に胸を押しつけてきた。

あの森の夜以来味わっていなかった柔らかい感触に、思わずドキッとしてしまう。

「ノ、ノエル……」

「あたしだって誘ってくれればいつでもオッケーなのに、お兄さんったらあの日以来、抱こうとしないんだもん。もしかして性欲薄い、なんてことはないよね？」

「ああ、それはない……でも、今はいくら何でもダメだ。仕事中だから」

「ふふっ、じゃあ時間が空いたら呼んでね？　楽しみにしてるからっ」

そう言って嬉しそうにはにかんだノエルは、小屋のほうに走って行った。

俺は彼女に乱された心を落ち着け、今度はゆっくり伐採を始めるのだった。

その日の夜、俺はノエルの作戦どおり姉妹の家で夕飯をご馳走になっていた。

食卓にはいくつもの皿が並び、いろいろなキノコを使った料理が盛りつけられている。

そのどれもが美味で、驚くほど箸が進んでしまった。

「もぐ、むぐ……タチアナさん、肉厚のキノコのステーキすごく美味しいです！」

「本当？　なら嬉しいわ。ジェイク君には今日のお礼があるから、直接買いに来てくれれば割引するわよ？」

「おぉ……じゃあ今度必ず伺いますよ」

「わたしも新しいお客さんができて嬉しいわ。それにいつもノエルがお邪魔してばかりで申し訳ないから、たまには気軽に家に来て、お茶でも飲んでいってほしいわね」

「もちろん！」

憧れの美人に作ってもらった食事を楽しみながら、俺の心はいつになく満たされていた。

少し前までは、タチアナさんの家に招かれて夕食をご馳走になるなんて思いもしなかったからだ。

ふとノエルのほうに視線を向けると、それに気づいた彼女がウインクする。

ノエルの助けがなければこの短期間でここまで仲良くはなれなかっただろう。徐々にタチアナさんとの距離が縮まっているのを実感した俺だが、内心ではこれからに対する懸念も感じていた。


翌日、俺はいつものように手伝いの仕事を終えて自宅に戻った。

リビングには当たりまえのようにノエルがいて、分厚いモンスターの本を開いて勉強している。その後ふたりで夕食を摂ってダラダラしているときに、ふと昨日感じたことを思い出して話しかけた。

「なあノエル、お前のおかげで俺とタチアナさんはすごく仲良くなれたと思う」

「んー？　そうだね、多分村の若い男の中でも、一番お兄さんが仲がいいと思うよ」

「俺としてはこれからもっと仲良くなって、ゆくゆくはタチアナさんとノエルを一緒にお嫁に貰いたい。でも、その一歩をどのタイミングで踏み出せばいいかわからないんだ」

下手なタイミングでポロポーズしてしまったら、幻滅されてしまわないか？

そんな不安が俺の心の中に宿っている。

「もうすぐ村の収穫祭が開かれるよな。多分、今年もたくさんの男たちがタチアナさんにプロポーズすると思う。ここまできて彼女を他の男に取られたくないけど、焦って下手を打つのも怖いんだ。頼りきりで悪いけど、いいタイミングがないかな？」

俺の切実な問いに対し、ノエルは読んでいた本から顔を上げる。

そして、待ってましたとばかりに笑みを浮かべた。

いつもの明るさの中に、どことなく怪しさの混じった、何か企んでいるときの笑みだった。

「ふっふっふ、もちろん考えてあるよ。収穫祭では料理コンテストが開かれるでしょう？　今年の審査員、お姉ちゃんなんだ」

「ほうほう」

「お姉ちゃんが料理が上手いのはよく知ってるだろうけど、実は料理を食べるのも大好きなの」

「へえー、それは知らなかったな」

意外な言葉に関心していると、ノエルは話を続ける。

「前にこの家で一緒に夕食したときのこと覚えてる？　あの日、家に帰ってからお姉ちゃん凄く機嫌がよかったんだよね。普段の料理は自分で作るし、めったに外食もしないから、久しぶりに他人の作った料理を食べて喜んでたみたい」

「じゃあ、俺もそのコンテストに参加すればいいのか？」

「うん、でもただの料理じゃダメだよ。お姉ちゃんが惚れて、毎日でも作ってほしいと思える腕を見せつけなきゃ。もし上手くいけば、がっつりお姉ちゃんの心を掴めてそのままプロポーズも夢じゃないよっ！」

「おおー！」

これでこれから頑張るべき目標が分かった。後はタチアナさんに喜んでもらうために料理の材料を準備し、その材料を上手く扱えるよう練習するだけだ。今までは最低限不満のない食事を作れればよかったけれど、これからは人に喜んでもらえる料理を作らないといけない。

そんなことを考えていると、本を机に置いたノエルが俺のほうに近づいてくる。

そして、そのまま俺の片腕を掴んで自分の胸に抱く。

「ねえねえお兄さん、また助言してあげたんだから、あたしにも、そろそろご褒美が必要だと思わない？」

そう言う彼女の表情は、一見いつもの明るいものだったけれど、妙に体をくっつけてくる。

ここまでされると俺も彼女の意図に気づいた。

「そうか、じゃあたくさんご褒美をあげないとな」

「やった……ひゃっ！」

俺は嬉しそうに笑みを浮かべる彼女を抱き上げ、寝室へと向かった。

部屋の中に入るとノエルを下ろし、そのまま抱き寄せる。

「お兄さん……ちゅっ、んっ」

彼女が顔を寄せてきたので、そのまま唇を合わせるようにキスする。

一瞬ピクッと震えたノエルだが、すぐにもっと唇を押しつけてきた。

「はふっ、んぅっ……キス、初めてだねっ」

「ん……そう言えばそうだ。前は状況が状況だったから」

あのとき、俺は突然現れたノエルに驚くばかりで、そんなことを考えている暇はなかったんだ。

とはいえ、本来ならこうしてから本番に臨むのであって、ノエルには少し悪いことをしたかと思う。いや、冷静だったらそもそも彼女に襲われてなかったから、どっちが良いとも言えないか。

「んーっ、ちゅうっ、れろっ！」

何度もついばむようにキスすると、今度はノエルのほうから舌を出してくる。

俺はそれを迎えるように口を開き、自分の舌で受け止めた。

舌同士がいやらしく絡まり、急速に興奮が高まってくる。

「んじゅっ、くちゅるるるっ……んはっ！　ひゃうっ♪」

ノエルのほうからディープキスを迫ってきたから、今度は俺の番だ。

腰に回していた両手を動かし、スカートをめくり上げてお尻を露にする。

そして、両手を使って尻肉を揉みしだいた。

「あうっ、やっ……お尻グニグニ揉んじゃだめっ！」

「どうして、気持ち悪い？」

「ううん、気持ちいいよ。でも、あんまり揉まれるとお尻が大きくなっちゃうって聞いたからっ」

「へえ……」

どこで聞いたのか知らないけれど、ノエルはノエルなりに自分の体を気にしているらしい。

モンスターについての研究一筋かと思ったけど、そう言う訳でもないようだ。

「俺は大きなお尻も好きだけどね」

「でも、それはお姉ちゃんのほうが向いてるよ。お兄さんだって、どうせふたりを抱くなら違いのある女がいいでしょう？」

その言葉に、俺は思わず目を見開く。

男同士の会話ならともかく、ノエルからそんな言葉が出てくるとは思いもよらなかったからだ。

「うーん、まあそう言われればそうかな……」

こんなにも俺のことを考えてくれている相手に、嘘はつけない。

少し恥ずかしかったが正直に言うと、ノエルはそうだろうと頷く。

「まあ姉妹だから、もう少しすれば体形もお姉ちゃんに似るかもしれないけどね」

「それでもノエルは特別だよ、なんていったって俺の手が入ってる」

タチアナさんの純白の美しさは本人の性格はもちろん、男女関係を知らないという部分も影響しているだろう。

より活発な性格でセックスも楽しんでいるノエルがタチアナさんの年齢になっても、同じような雰囲気になるとは思えなかった。すでに人間が出来ているタチアナさんは、今からどんな環境の変化があろうとそう簡単に変わるとは思えない。その点、まだ子供っぽさの残るノエルが俺の手で成熟し、今の姉と同じ年になったときのことを考えると期待に包まれる。

「……でも、まだタチアナさんにプロポーズしてもいない段階でする話じゃなかったかな」

「話を振ったあたしが悪かったよ。気にしないで楽しもう？」

「そうだね」

俺は気を取り直すと、ノエルからいったん離れる。

「じゃあ、今度はこの場で脱いでもらおうかな。俺によく見えるように」

「ふふ、お兄さんのエッチ……いいよ」

ノエルは少し恥ずかしそうに笑って、すぐ自分の服に手をかけはじめた。

上着を脱ぎ、スカートがするすると滑り落ちて、下着だけになる。

元々動きやすいようにか薄着だったノエルだが、こうして下着だけになると普段とは違ったセクシーさがあった。真っ白な太ももや腰のくびれも露になっているし、胸元のふくらみも立派だ。

さらに彼女は、下着も一枚一枚脱いでいく。

一糸纏わぬ姿になったノエルは、まるで天使みたいな美しさと可愛らしさを兼ね備えていた。

前は月明かりしかない森の中だっただけに、照明に照らされた彼女の体は素晴らしいものだった。

「綺麗だよノエル。本当に俺の嫁になってくれる？　ノエルなら、王子様にだって嫁げそうだ」

素直に感想をそのまま言葉にすると、彼女は嬉しいような怒ったような複雑そうな表情をした。

「うぅ……褒めてくれるのは嬉しいけど、もうあたしはお兄さんに娶られるって決めの！　だって、お兄さんはお姉ちゃんと同じくらいあたしも大事にしてくれてるし、あれだけ凄いモンスターを生きたまま間近で見られるのは、お兄さんの傍でだけだもんねっ」

「ははは、そうか。じゃあモンスター退治のほうも頑張らないとね。でも今はふたりの時間だ」

「うん、抱いてお兄さん」

言われるがまま彼女の肩を抱き、ベッドへと押し倒した。

「きゃっ！　んっ、んんーッ！」

俺はすぐに彼女の上に覆いかぶさり、再び唇を奪った。

一瞬驚いた表情を見せたノエルだけど、すぐ俺に合わせてキスしてくる。

そのまま何度か唇を合わせながら、片手を動かして胸を愛撫し始めた。

彼女は胸は大振りだけど張りがよく、仰向けに寝転がってもわずかにしか型崩れしない。

見るだけでも十分興奮できるが、俺は遠慮なくそれを揉みしだいた。

(気持ちいい……こんなに柔らかくて揉み応えがあるものが存在したのか！　手が吸いつくようで離れられない！)

それに、ここまでの雰囲気で十分興奮したのか、乳首は固くなって存在を主張している。

ピンとしたそれを指先で擦ると、ビクッとノエルが震えた。

「あっ、んっ……ちゅるっ、れるっ……♪」

僅かに嬌声を上げたノエル。

けれどすぐ俺に口をふさがれ、もどかしそうに身をよじる。声に出して快感を逃がさないとどんどん溜まっていくようで、十秒ごとに彼女の息が荒くなっていく。

俺のほうはいくらでも彼女の巨乳と唇を味わっていられるけれど、向こうはそろそろ辛そうだ。

一度区切りをつけて体を離すと、ノエルが大きく息を吐いた。

「はふぅっ！　はっ、はぁっ、はぁぁっ……お兄さん、おっぱいとキスばっかりじゃずるいよ。あたしが全然動けないんだもんっ」

快感に頬を赤く染めながらも、少し責めるような視線を向けてくる。

どうやら、やられっぱなしなのが気に食わないらしい。

「じゃあ、ノエルからも奉仕してくれる？」

俺がそう言うと、嬉しそうに頷いた。

彼女は俺に、ベッドの端に腰掛けるように言い、自分はその前でしゃがみ込む。

またフェラチオか、と思ったけれど違った。

「さっきはお兄さんにいじめられたから、おっぱいでいじめ返してあげるっ」

ノエルは自分の豊かな乳房を持ち上げ、硬くなった肉棒を挟み込んだ。

真っ白で張りのある胸が、硬い肉棒に触れて歪んでいく。

「うおっ、これは凄いっ」

初めて受けるパイズリの感触に思わずつぶやいてしまう。フェラより少しぬるい温かさと、スベスベの肌の感触が気持ちいい。

少し動くだけで柔肉がたわみ、肉棒が胸の中に沈んでいくような感覚さえした。

「どう、気持ちいい？」

「気持ちいい、凄く気持ちいいよノエル。これは気に入った！」

「やった♪　じゃあ、もっとおちんちんにおっぱいでご奉仕するねっ！」

俺が喜んだと分かるとノエルはさらに積極的になった。

胸を両手で左右から押さえ込みながら、体を上下に動かす。

深い谷間の中で肉棒が柔肉に擦り上げられ、これまでにない快感に襲われた。

「くっ、前に手でしてもらったことがあるけど、そのとき以上だなっ」

「ほんと？　じゃあ次からはもっと練習しておくね……んっ」

再び肉棒がギュッと締めつけられ、思わず腰が浮いてしまいそうになる。

「はぁっ、お兄さんのがあたしの胸の中で震えてる……もう出そう？」

「ああ、正直もう我慢できないっ」

特上の絹のようなノエルの肌の感触。それに加えてこの柔らかさで扱かれたら、もうたまらない。

「いいよ、このまま出してっ！　あたしのおっぱい、精液で真っ白にしてっ！」

興奮した表情で言う彼女を穢す背徳感に包まれながら射精した。

「あっ、ひゃうっ！　あぁ、おっぱいの中でいっぱい出てるっ！」

ドクドクと脈打った肉棒は精液を迸らせ、宣言どおりノエルの胸元を汚した。ただそれは一度だけで、二度目以降は彼女が自分の乳房で覆ってしまったため、谷間の中に吐き出されている。

「あぐっ……これ、気持ち良すぎるっ……出てる最中も柔らかいのに包まれて……ッぐ！」

ノエルは容赦なく、射精中の肉棒もしごいてきた。

いくら柔らかく張りのある肌でも、敏感になった肉棒には刺激が強すぎる。

それで本能的に腰を引こうとしても、彼女は自分の胸を押しつけて逃がさない。

「ダメだよお兄さんっ、全部あたしのおっぱいの中に吐き出すんだからね？」

「こいつ……うぁっ⁉」

小悪魔のような笑みで言った彼女は、本当に最後の一滴を搾り取るまで俺を離してくれなかった。

ビクビクと震えるだけになった肉棒を何度も挟み込んで、もう何も出てこないのを確認するとようやく解放される。

「はぁっ、ふうっ……やっとか……」

俺は息を荒くしながらも、なんとか体勢を整えて腰を落ち着ける。

そんな俺の目の前では、ノエルが精を搾り取った自分の谷間を見下ろしていた。

そこには、まるでペンキを塗りたくったかのように精液が張りついている。

一見すると酷い有様だが、当のノエルは嬉しそうだ。

「うわっ、ドロドロだよっ!?　いっぱい出たと思ったけど、こんなに気持ち良くなってくれたんだ……嬉しいなっ」

男の精で体を汚されながらも嫌な顔一つしないノエル。

俺はそこに彼女の愛情を感じ、思わず抱き寄せた。

「わっ、わっ！　お兄さん、汚れちゃうよ？」

「ちょっとくらい問題ない。それよりノエルとキスしたくなったんだ」

「えへへ……もちろん！　あたしもキス好きだもん。んちゅっ、ちゅうっ♪」

胸元が汚れるのも気にせずキスしながら、俺は改めてノエルを大切にしようと心に誓った。

そのまま何度か唇を合わせて満足すると、枕元に用意してあったタオルを手に取って互いの体の汚れを拭う。体を綺麗にして一息ついたけれど、俺たちは互いにまだ満足していなかった。

俺はまだ精力が余っているし、ノエルに至っては俺の精を受けてより興奮しているように見える。

「はぁ、はぁ、んっ……お兄さん、あたしもう我慢できないっ！　もう一回くらい頑張れるよね？」

「ノエルの為なら何度だって頑張るよ」

「ふふっ、嬉しい……じゃあ、今夜はあたしが上になっちゃおうかなっ」

ノエルは楽しそうにそう言うと、軽く俺の胸を押した。

まったく抵抗しなかった俺はそのままベッドへ押し倒され、仰向けに横になる。

そこへ彼女が跨ってきた。

「よいしょっ……やっぱり男の人ってガッシリしてるね」

「村中の仕事を手伝ってるからだよ。さすがに木こりの親方みたいにムキムキじゃないけど」

「えー、あたしは今のお兄さんくらいがいいな。あの親方はゴツすぎるよ」

「ふぅん」

男としては憧れるものがあるけど、やっぱり女性からすると趣味に合わないこともあるのか。

そんなことを考えていると、ノエルが半分くらい硬くなった肉棒を股間の下敷きにした。

「うわっ……ノエルのアソコ、もうドロドロだ……」

手で触れなくても分かるほど彼女の秘部は濡れていた。

肉棒に触れた途端、中から愛液が溢れてきて、トロトロと俺にしたたり落ちる。

「やっ、漏れちゃうっ……お兄さん、恥ずかしいからあんまり見ないでほしいな……」

これにはさすがのノエルも羞恥を覚えたようで、顔を真っ赤にして目を反らす。

どうもこのままじゃ、彼女が恥ずかしがって続けられそうにない。

「じゃあノエル、反対側を向いたらどう？　俺からは背中しか見えないし」

「あっ、それいいね！　ナイスアイデアだよっ！」

彼女はそう言って笑みを浮かべると、その場でくるんと体を回した。

下から見上げることで迫力を増した美巨乳が見れなくなったのは残念だけど、代わりにお尻が現れる。いわゆる背面騎乗位の形だ。

向こうに回ってしまった胸の代わりに、十分なほどの美しさとセクシーさで俺を興奮させた。

「あはっ、お兄さんのおっきくなってる……もう入れていい？」

「うん、俺も早く入れてほしい」

求めに答えると、ノエルはいったん腰を上げ、肉棒を支えると挿入し始める。

「あんっ、んんっ……はっ、んぅぅっ！」

たっぷり濡れてはいるけれど、十分以上に狭い膣内に肉棒が分け入っていく。

「やぁっ、おっきいっ……はふっ、あぅんっ！　奥まで入ってきちゃう……ッ！」

ずぷん、と肉棒が最奥まで到達すると、ノエルはビクビクッと背筋を震わせる。

金色のツインテールが揺れ、彼女が快感を得ているのがよく分かった。

「俺も、ノエルの中が気持ちいいよ……ぴったり吸いついてきて少しも離れないっ」

まだ少しキツかったけれど、おかげで隙間なく膣内が締めつけてくる。

さっき味わったパイズリとはまた違う、全方位から抱きしめられているような感じだった。

「うんっ、あたしも奥までお兄さんに満たされるの、気持ちいいよっ……ねぇ、もう動くねっ！」

「ま、待てノエルッ……ぐぅっ！」

話している最中にも我慢できなくなったのか、ノエルが腰を動かし始めた。

少し前のめりになってベッドに手を突き、膝を立てて腰を上下に振っている。

彼女のお尻が打ちつけられるたびにパンパンと乾いた音が鳴り、肉棒が狭い肉穴にしごかれた。

「……ッ!!」

その気持ち良さに思わず声が漏れてしまいそうになるけれど、唇を結んで堪える。

けれど、黙っている俺の代わりとばかりにノエルが大きな嬌声を上げた。

「あひっ、はっ、あぁっ！　これ、いいっ、いいよぉっ！　お兄さんのおちんちん気持ちいいっ!!」

ツンテールを揺らしながら腰を振り、一心に快楽を貪っている。

時折振り向いて俺を見下ろす目は、普段の活発さとは打って変わって妖艶だった。一瞬タチアナさんもこんな顔をするんだろうかと思ったけれど、襲い掛かってくる快楽に思考を押し流される。

「はぁっ、あうぅっ！　頭の中、全部気持ちいいので埋まっちゃうよっ！　あひっ、んぐううっ！」

呻くような声と嬌声がまじりあい、ノエルの口から発せられる。

あまりに激しく腰を動かすから、奥を突くことになって苦しいのかもしれない。

俺のほうは気持ちいいけれど、彼女の負担になっているなら止めほうがいいんじゃないか。

「ノエル、もう少しゆっくり……」

「んくっ、はぁっ……ダメだよ、これが一番気持ちいいんだもんっ。お兄さんもそうでしょう？」

一旦腰の動きを止めた彼女は、息を乱しながらも振り返ってそう言った。

確かにそうだ。凄く気持ちいい。

「でも、あまり苦しそうな声を出されるとさ……」

俺とノエルは少し体格差があるし、仕方ないことなのかもしれない。

けれど、俺は出来るだけそういった障害は取り除きたかった。

「可能なら、ふたりで気持ちいいことだけ感じてセックスしたいからね」

「んふふっ……やっぱりお兄さんならそう言うかぁ……じゃあ、どうする？　ほどほどに気持ち良くエッチする？」

興奮はそのままに、ころころとした笑みを浮かべながら問いかけてくるノエル。

どうやら、俺がどういう手に出るか楽しみにしているらしい。

「……別に激しくするのを我慢する必要なんてないよ。ノエルが奥でもしっかり感じられるようになればいいだけだ」

「へっ……？　あはっ、お兄さんの目、本気になっちゃってるねっ」

「本気だよ。ノエルの中、全部俺でよがれるように開発してやるっ！」

宣言すると、俺は彼女の細い腰を両手で掴んだ。そして、そのまま突き上げる。

「あぎゅっ!?　ひっ、ああっ！　下からっ……奥だめぇっ！」

「激しくはしないよ、ゆっくり気持ち良さに目覚めさせてやるから」

一度膣内を奥まで突きあげると、そのままグリグリと肉棒を押しつける。

今まで突きあげられるばかりだった最奥は、新しい刺激を受けてビクッと反応した。

「ひゃんっ！　おっ、奥がっ、子宮の入り口ビリッとしてるよっ！」

「その調子だ、もっと感じさせてやるっ！」

どうやら体の奥にも関わらず、感度はそこまで悪くないらしい。

なら、後はじっくり快感を教え込んでやるだけだった。

俺は一度肉棒を引くと、ゆっくりピストンしながら先端を押しつける。

「あうっ、んんぅぅぅぅっ！　あふっ、はぁっ！　お腹の奥、どんどん熱くなってきちゃってるっ」

「まだまだ、じっくり温めてあげるよ……ふふ」

目の前で少女が新しい性感を開発されていくのを見て、俺は喜びを感じていた。

傍から見ても官能的なのに、今実際彼女を開発しているのが自分自身なんだ。

喜びは普通の何倍にも強く、深い。

「ノエルの体、もう俺以外じゃ満足できないようにしてやるっ！」

笑みを浮かべ、独占欲をむき出しにしながら腰を動かす。

彼女も激しく犯される体を支えるため、俺の腕を掴んでくる。

「あひぃぃっ！　なるっ、もうお兄さんのものになるからっ！　あたしのからだっ、全部お兄さんのものにしてぇぇぇぇっ!!」

「ああっ！　隅から隅まで全部俺のものだっ！」

ノエルの興奮をさらに高めるため、腰の動きを徐々に激しくしていく。

当然、最奥にかかる負担も大きくなっていった。

「はひっ、んぎゅっ！　はっ、はっ、気持ちいいよぉっ！　さっきよりずっと気持ち良くなってるっ、ひゃうんっ！」

けれどもう、彼女の口から発せられるのは純粋な嬌声だけだった。

「気持ちいいっ、すてきっ、どんどんお兄さんのものになっちゃってるっ♪　あたしもっ、気持ち良くなれるよう頑張るからっ」

完全に発情した顔になったノエルが、腰の動きを再開させた。

さっきと同じように激しい動きだけど、もう吐き出される声に苦しさは一片も残っていない。

上下から互いに腰を打ちつけ、その衝撃は今までで一番激しくなっていた。

けれどそれを気にすることなく、俺たちはひたすら相手を求め合う。

「あうっ、んぎゅううううっ！　あふっ、はぁっ！　イクッ、あたしイっちゃうっ！」

白い背中に汗を浮かべながら腰を振っているノエル。

「もう無理っ、イクッ、イっちゃうよぉっ！　お兄さんも一緒にっ！　一緒にイってええええっ!!」

彼女は堪えかねるように、その言葉を吐き出した。

「くっ、絞られるっ……、まだ二回目なのにこんなにエロくなって！」

「だって、もっとたくさんお兄さんの子種注いでほしいんだもんっ」

そんなふうに言われると、もう我慢できなかった。

「欲しいならいくらでもくれてやるっ！　嫁になる前に孕ませてやるぞっ！」

「あはっ……嬉しいよぉっ！　出してっ、あたしの一番奥、お兄さんの精子一杯詰め込んでっ!!」

俺は最後にノエルの腰を思い切り引き寄せ、肉棒を子宮口に押しつけて射精した。

激しい興奮が解き放たれ、噴き上がった精液がノエルの膣内を白濁で染めていく。

「イクッ、あぁっ！　熱いっ、お兄さんの精液熱いよぉっ！　イクッ、イクうううぅぅぅうぅうっ!!」

開発されたばかりの膣奥に、熱い中出しを受けたノエルはそれで達した。

背筋を反らし、全身をビクビクと震わせながら絶頂の快感に酔いしれている。

「はうっ、はぁ、はぁっ……♪」

息も絶え絶えな様子だが、ノエルの表情はかなり満足そうだった。

それを見た俺も安心し、彼女の体を抱いて自分の横に倒す。

「あんっ……今日は凄かったよ、お兄さん……」

「俺もさすがに、少し疲れたな」

上に乗られた状態で体を動かすというのはかなり窮屈だった。

おかげで普段使わない筋肉をたくさん使い、普通にセックスするより数割増しで疲れてしまっている。それに、生憎明日は朝から手伝いの予定が入っていた。

湖に仕掛けた網を巻き上げるので、遅れると置いてきぼりを食らってしまう。

「明日はお仕事？　休みだったらもっとゆっくりできたのに……」

「それはまたの機会にね」

ノエルと楽しみ過ぎて仕事がおろそかになんてなったら、タチアナさんにも他の知り合いたちにも呆れられてしまう。少し不満そうな彼女をなだめながら、その日は休むことにするのだった。

第二章　憧れのあの人を射止めるために

「はぁぁっ……今日は疲れた……」

ある日の夕方、俺は盛大にため息をつきながら帰り道を歩いていた。

普段なら一日に手伝う仕事の数は一つか二つなのだけど、今日はなんと四つも続けて手伝いをしてきたんだ。朝、まだ日が昇る前から養鶏場に行って卵集めとエサやりと掃除の手伝い。

日が昇ったころには、数日前の嵐で壊れてしまった橋の修理の手伝い。

そして、お昼には女将さんが寝込んでしまっている村の定食屋で料理の手伝い。

最後についさっきまでは、店主が買い付けで不在の古着屋の店番をしていた。

一つ一つはそれほどでもなかったけれど、殆ど休みなく連続で日の出前から働いていると、さすがに心のほうが参ってくる。

いくらランクＳＳＳの体力を持とうと、こればっかりはどうしようもない。

ステータスの中には精神異常耐性というのもあって、これのランクもＳＳＳだけれど、どうも労働で感じる疲れには効果がないようだ。

やっぱり全ステータスランクがＳＳＳなんて力を持っていても、全てが都合よくいくわけじゃないなと改めて思うのだった。

そんなことを考えている内に家に着き、扉を開けて中に入る。

すると、何やら台所のほうからいい匂いがした。

「ただいま……やっぱり、ノエルだったか」

台所にいたのは案の定ノエルだった。

というか、俺に無断で家に入ってくるのは彼女くらいなものだ。

タチアナさんともたまに互いの家を行き来する仲になったけれど、彼女は勝手に家に入ってくるような真似はしない。

「お帰りお兄さん……って、何か失礼なこと考えてない？」

俺のほうを振り返ったノエルは、何かを感じたのか少し眉をひそめた。

女性はなんでこんなに勘が良いんだろうと思いつつ誤魔化す。

「まさか、そんなことないよ。それで、今日はなんで料理なんかしてるんだ？」

少なくとも、これまでノエルが台所に立ったところを見たことがない。

それどころか、ノエルはまったく料理が出来ないんじゃないかと思っていた。

前に、料理はすべてタチアナさんが作っているという話を聞いたからだ。

「ふふふ、今日はお兄さんの仕事が忙しいって聞いたから特別サービスだよ♪」

自信満々に言う彼女に俺は少し不安を抱いた。

「味のほうは大丈夫なんだろうな？」

「むっ、失礼しちゃうわね……あたしだって一応お姉ちゃんの料理を見て育ってるし、そんなに不器用じゃないのよ？」

　そう言うと、ノエルは調理している根菜の煮つけを小皿に盛って差し出してきた。

　俺は躊躇したものの、受け取らないのも失礼だと思って手に取る。

「じゃあ、いただきます……」

　黄金色に煮られた根菜は、いかにも美味しそうで少し不安が和らいだ。

　自分で削りだした愛用の箸を持つと、煮つけを食べる。

「もぐっ……はふっ、んぐ、ごくっ！　うまいっ！」

　これは予想以上に美味しい！

　俺の不安はまったくの的外れで、ノエルは予想以上に料理の腕がよかったらしい。

「どう、すこしは見直しちゃった？　毎日本読んでるだけじゃないのよ」

　得意げな表情に戻った彼女に俺は一言謝罪し、その後はふたりで食卓を囲んだ。

　食事を終えると、食後には俺が淹れたお茶を飲む。

「お兄さん、収穫祭の料理コンテストでお姉ちゃんに仕掛けるんでしょう？　お姉ちゃんが好みそうな味、知っておいても損はないんじゃないかな。お姉ちゃんもいつまでも独身でいられないんだから、とっととお兄さんに貰われちゃえばいいのよ。そうすればあたしも一緒にいられるしね」

　後半はタチアナさんに対する愚痴のようだったけれど、ノエルの言いたいことは分かった。

　つまり、これからは定期的に自分に料理させろということらしい。

　確かにずっとタチアナさんの料理を食べてきたノエルなら、味の好みもバッチリ分かるだろう。

「ほんと、ノエルにはいろいろ世話になるな」

「お互い様じゃない！　この前のも合わせたら、あたしもう、五体も強いモンスターのこと観察できてるし」

そう言って笑みを浮かべながら、傍らに置いたモンスターの図鑑を撫でるノエル。

彼女はトロールの一件以来、毎回モンスター退治についてきて俺が退治する相手を観察している。

二体目は虎の上半身に羊の下半身、サソリの尻尾を持つキメラ。

三体目はゴブリンナイトの騎士団を引き連れたエンペラーゴブリン。

四体目は森の木々を飲み込みながら成長していたユグドラシルスライム。

五体目は滅んだドラゴンが骨の竜となって蘇ったドラコリッチだった。

特にドラコリッチはかなりの強敵で、俺でも倒すのに三発攻撃を入れなきゃいけなかったのは驚いた。恐らくここ数年で一番の強さだったんじゃないかと思う。

記念に爪か牙を取っておこうとしたけど、ノエルに呪われるかもしれないと言われて止めておいた。俺はともかく、よく家に来る彼女やタチアナさんが呪われたらたまったもんじゃない。

「おかげで本にも載ってないようなことも見つけられたのよ！　纏めて王都の研究所に持って行ってたら博士になれるかも！」

「いや、まだ五体くらいだからどうかな……でもノエルなら、いろんな人に認めてもらえるようになるよ」

そんなことを話しているうちにお茶も飲み終わって、俺の分もノエルが洗ってくれる。

洗面台で食器を洗っている彼女を後ろから眺めていると、ゆっくり揺れる金色のツインテールや小ぶりなお尻に目が行った。それを見ていると、さっきまであった精神的な疲れが吹き飛んで、代わりにムラムラした気分が湧いてくる。

俺は静かに立ちあがるとノエルの背後に移動し、後ろから腕を回して抱きしめた。

「きゃっ!? お兄さん、洗い物の途中だよ?」

「大丈夫、後で俺がやっとくよ」

そう言うと彼女を抱いたまま寝室まで連れていって、ベッドの上に腰掛けさせる。

ギシッと大きくベッドがきしんだ音がしたけれど、村一番の家具職人が作ったものだから大丈夫だろう。

「……今の、あたしが重いからじゃないよ?」

少しだけ恥ずかしそうに俺を見るノエル。

「分かってるよ、古いベッドだから仕方ない。それより、ノエルには今日の仕事の疲れを癒してもらおうかな。美味しい料理を食べたらなんだかやる気も出てきたし」

「うん、いいよ。お兄さんのためなら……んっ♪」

一度軽くキスすると、彼女は自然と俺を受け入れるように足を開いた。

俺はその前にしゃがみ、スカートをめくるとショーツを脱がせる。

真っ白な下着をベッドの横の椅子に置き、ぴったりと閉じたままの秘部を眺める。

「ん……もう何回もしてるけど、まじまじと見つめられると照れちゃうよ」

「俺は何度見ても飽きないけどね」

それどころか、最初は無垢だった彼女の大事な部分が、少しずついやらしくなっていくのを見るのが嬉しい。

「もう、お兄さんはほんとにエッチだねぇ」

そう言って苦笑いしながらも、ノエルは俺が見やすいよう手を後ろについて足をM字に開く。

目の前の光景を十分堪能して顔を上げると、顔を赤くした彼女と目が合った。

「お姉ちゃんにはこんな変態的なことしちゃダメだよ？」

「さて、どうかな。姉妹だし案外、性癖が似てるかもしれないよ」

実際、タチアナさんとノエルを見比べると、所々に血の繋がっているようなところが垣間見える。

例えばソファーでの座り方だったり、食事のとき手をつける料理の順番だったり。だからもしかしたら、ノエルのこの性に対する積極さを、姉のタチアナさんも隠し持っているのかもしれない。

「うーん、そうかな。エッチに関してはそんなに積極的じゃなさそうだけど……まぁ、お兄さんが見事にお姉ちゃんの心を射止めればわかる話だけどね」

「実の妹にここまで手助けしてもらってダメでしたじゃ情けなさすぎるからね、がんばるよ」

そう言うと、俺はいよいよ辛抱できなくなった肉棒をノエルの秘部に押し当てる。

「んはっ、もう我慢できない？」

「ああ。入れていいね？」

「うんっ、いつでもお兄さん受け入れる準備できてるから……んきゅうっ！」

ノエルが頷いたのと同時に腰を前に進める。

最初は少しつっかかるような感覚がしたけど、すぐ蜜で濡れた膣内に入り込む。

その後は一気に奥まで進んで、俺とノエルの腰がぴったりくっついた。

「あうっ、はぁっ……全部入ったね♪」

「ノエルの中、相変わらず狭くて熱くて気持ちいいっ！　もう蕩けそうだよ……」

もう何度も互いに求め合い、すっかり慣れているつもりでも、すぐに蕩けるような興奮で頭の中が満杯になってしまう。油断していると数分と経たずに搾り取られてしまうだろう。

「遠慮しなくても、いつでも好きなだけ出していいんだよ？」

俺がどんどん興奮するのを感じたのか、彼女は上目遣いでそう言いながら膣内を締めつけてくる。

その快感に思わず肉棒が震えたけれど、なんとか堪えて息を吐いた。

「いや、もうちょっと中を楽しみたい……それに、ノエルにも気持ち良くなってほしいし」

ある意味これも身勝手かもしれないけれど、ノエルは嬉しそうに笑った。

「じゃあ遠慮なく動いて？　そのほうがあたしも気持ちいいから……あうっ！」

ノエルの言うとおり、遠慮なく腰を動かして責めはじめる。

彼女の中はキツかったけれど、たっぷりの愛液が肉棒の動きを補助してくれた。

おかげで俺は、ギュウギュウとした締めつけを味わいながらも徐々に腰の動きを速くしていく。

「んあっ、はぁはぁっ！　いいよっ、もっと腰振ってっ！　もっと強く抱いてほしいのっ！」

「ぐっ……俺のことを変態だなんだって言って、自分のほうがよっぽど変態じゃないかっ！」

本能のまま犯すように腰を打ちつけても、ノエルはただ気持ちよさそうに嬌声を上げる。

以前はまだ体のほうが慣れていない部分があったけれど、今はもう入り口から奥まで俺にピッタリに広がっていた。

どこを突いても彼女は快楽を感じ、その反射で俺も締めつけられ気持ち良くなってしまう。難しいことを考えずとも、ただ腰を動かすだけで容易に興奮の頂点へ上りつめていけるほどだった。

「あひっ、はっ、んはぁっ！　お腹の中で硬いのがビクビクしてるっ……んぅぅっ！」

「ヤバいっ、周りから全部締めつけられて……くっ！」

ノエルの腰を抱えて肉棒を突き入れると、すぐさま淫肉がまとわりついて刺激してくる。

堪えていなければ、もう射精していそうな気持ち良さだった。

「はうっ、はぁっ……お兄さん、我慢してるの？　そんなことしなくていいから、気持ち良く射精してほしいなっ」

「ノエル……？」

「今日は疲れたから癒してほしいんでしょ？　我慢なんてしなくていいから、たっぷり気持ち良くなって？」

彼女は後ろに突いていた手を俺の首に回すと、そのまま引き寄せてキスしてくる。

「んちゅっ……今日は射精できなくなるまでいっぱいエッチして、明日はゆっくり休もう？　元気になったら、今度はコンテストの準備ね！」

「……ありがとうノエル」

彼女の気遣いが嬉しくなった俺は笑みを浮かべ、今度はこっちからキスする。

その後、満足そうに笑ったノエルは腕から力を抜いてベッドの上に仰向けになった。

重力で美巨乳がわずかに揺れたのを見て、思わず口元が緩んでしまう。

同時に興奮も強くなって、より深く腰を突いていった。

「ん、あんっ……」

「このまま最後までするから」

「きて……んきゅっ……はうっ、あぁっ！」

片手で体を支え、もう片手でノエルの腕を捕まえながら犯す。

彼女も興奮しているようでさっきより締まり具合もよくなり、いよいよ我慢できなくなってきた。

腰の奥から熱いものが昇ってくる感覚がするけれど、もう止めようとも思わない。

「このままっ、一番奥にぶっかけてやるっ！」

「いひゃっ、はげしっ……んぎゅうううっ、ひゃわっ、はあああぁぁっ！」

腰の動きを速くしてラストスパートをかけると、合わせてノエルの嬌声も大きくなった。

興奮で頬を赤くしながら快楽に身をよじる。、空いている手で枕をギュッと掴む。

全身に力が入ったからか膣内はさらに複雑に締めつけてきて、脳みそを蕩けさせるほどの快感に襲われた。

「ノエル……ッ！」

「はっ、あうっ……出してっ、今日は全部あたしのなかにちょうだいっ！　お兄さんの、全部受け止めるからっ！」

ギュッと腰に足を巻きつけられ、もう離れられない。

俺は両手でノエルの腕を掴み、思い切り引き寄せながら腰を押しつけて射精した。

「んきゅっ!?　あひゅうううっ、ひゃああああぁぁっ!!」

奥まで開発された彼女の体は俺の精を受け入れ、子宮の中を子種で満たしていく。

「うぐっ、最後まで搾り取られるっ……！」

それでもまだ足りないとばかりに膣内は締めつけてきて、中に残った精液まで絞り出されてしまった。ようやく興奮が治まると、ノエルもだらんと力を抜いて大きく息を吐いた。

「はぁ、はぁっ、お腹の中たぷたぷしてるっ……お兄さん、もう落ち着いた？」

「うん、何だか疲れも取れた気がする。ノエルのおかげだよ、ありがとう」

そう言って軽く頭を撫でると、彼女は嬉しそうに微笑んだ。

「えへへ……でも、こっちのほうはまだまだ出来そうだね？」

彼女が下を向くと、そこにはまだ膣に突き刺さったままの肉棒があった。

煽られた興奮は一度射精しただけでは治まらず、未だにノエルの中を占拠している。

「あたし、さっき言ったもんね。今日は満足するまでお兄さんのこと癒してあげるっ♪」

「ふふ、じゃあさすがにこのまま続けられないな。飲み物をとってくるから、ゆっくりしよう」

「うんっ」

俺は一度体を離すと、台所で飲み物を用意してすぐに寝室へ戻る。

そして、そのまま互いに動けなくなるまで交わり合うのだった。

◆　◆

精根尽き果てるまで交わった夜から一日の休息を挟み、俺はいよいよ収穫祭に向けて準備を始めた。祭りが始まるまで二週間。それまでに、タチアナさんを落とすための料理を作りださないといけない。

「ううん、どんなメニューにするべきかな」

机に向かいながら、彼女に一番喜んでもらえるのはどんな料理か考える。

「高級食材を使った料理？　いやいや、タチアナさんは家庭的な料理のほうが好きらしいしな」

俺の料理ステータスはランクＳＳＳで信頼がおけるけれど、味を知らない料理を、食材や調味料が足らない状態で作れるほど万能じゃない。

この村でも比較的簡単に手に入る食材で、料理を作らないと。

「でも、そうなると他の奴と代わり映えしない食材しか使えないんだよなぁ……」

今回の収穫祭の料理コンテストはタチアナさんが審査員をするということで、料理自慢の男たちも集っている。彼らもこのチャンスに、タチアナさんにアプローチしようとしているんだ。

中には猟師や漁師の息子、定食屋や酒場の息子もいてあなどれない。

同じものを作ればステータスの差で絶対に勝てる自信があるけれど、普段から食材や料理に触れている彼らは、俺にはない豊富な知識とアイデアがある。

いくら美味しい料理でも、レパートリーが少なければそのうち飽きがきてしまう。

その点、豊富なアイデアを込めた料理を作れる彼らは、自分ならタチアナさんを飽きさせない料理が作れるとアピールできるんだ。

「ということは、それに勝つためには別のアプローチをしないとな」

知識という面では今さら彼らと競っても勝てない。

「なら、純粋な調理の能力と食材を確保する能力。これを生かす」

幸いにも俺にはこの世界で誰にも負けないだけのステータスがある。ライバルたちには簡単に用意できない食材も、俺が直接取りに向かえば簡単に確保できるものもあるんじゃないか？

「俺だけにしか調達できなくて、しかも定期的に採取できて、その上美味しいもの……ううん……」

いざ考えてみると、なかなか思い浮かばない。

海まで行くにはちょっと遠すぎるし、たまに村の近くまでやってくるモンスターはどんな奴が来るかわからない。巨大な猪みたいなモンスターならまだしも、アンデッドやゴーレムなんかはどうやっても食べられないもんな。

「何かいいものはないかな、何か……ん？」

頭を抱えて悩んでいると、ふと窓越しに鳥が飛んでいるのが見えた。

それを見て、ふとあることを思い出す。

「そういえば、この前村に来た商人のオヤジさんが、北のほうにワイバーンの群れが巣を作っていて心配だって話をしてたな」

ワイバーンといえば飛竜とも呼ばれるモンスターだ。

ドラゴンより格下と言われて侮られることも多いけれど、舐めてかかると怪我をする。

特に飛行能力は本家ドラゴンより高くて、まるで空中を泳ぐように華麗に飛行するんだ。

「よし、こういうときは、うちのモンスター博士に聞いてみるか！」

俺は開いていたノートを閉じるとノエルのいるリビングへ向かった。

「ふむふむ、ワイバーンね」

「商人のオヤジさんに群れが巣を作ってるって聞いてな。近々様子を見てきて、増えているようなら間引きしようと思うんだ」

「確かに、本にワイバーンは人里や家畜も襲うって書いてあるから、早めに対処しておいたほうが良いかも」

いつものように我が家のリビングでくつろいでいたノエルは、俺の言葉に賛同するように頷いた。

この少女、最近はもう自分の家にいる時間より、俺の家にいる時間のほうが長いんじゃないかってほど入り浸っている。俺はもう彼女を嫁に貰う気持ちでいるからいいけれど、タチアナさんはどう思っているんだろうか？

少し不安に思ったものの、頭を振って思考を戻す。

「それで、だ。間引きをするついでにワイバーンを食材にできないかと思ってるんだ」

「ええっ!?」

これには彼女も驚いたようで、目を丸くしていた。

「ワイバーンを食材にって……お兄さん、本気なの？」

「ああ、考える限り俺にしか用意できない食材って言えば、それくらいしか思い浮かばないんだ。群れが一ヶ所に留まっているなら、定期的に狩れるし」

ちなみに、リスクを全て排除するためにワイバーンを群れごと殲滅するという案も考えた。

けれど、商人のオヤジさんが知っていたということは、かなり広まっている話だと思う。

急にワイバーンの群れが全滅してしまえば大きな騒ぎになってしまうだろう。

まさかこんな村まで調査されるとは思わないけれど、念には念を入れるのがいい。

万が一疑われてしまったら、それはもう取り返しがつかないんだから。

「前にも倒したモンスターを食べたことがあるから、あいつらが食える相手だってことは分かってる」

「……じゃあ、あたしも連れてって。お兄さんをひとりで行かせるのは心配だよ！」

「それはいくらなんでも危ないぞ！　十体以上は確実にいるだろうし、もし纏めて襲い掛かってきたらさすがに俺でも守り切れないかもしれない」

いくらステータスが高くても手足は二本ずつしかないわけで、一斉に襲い掛かられたら隙が生まれないとも限らない。真剣に言うとさすがの彼女もそれ以上の無理は言わず、納得してくれた。

数日後、仕事に一区切り付けた俺はさっそくワイバーンの巣に向かうことに。

商人のオヤジさんが言っていたとおりに、まっすぐ北に向かうと岩山が見えてきた。

その近くまで移動したところで様子を窺うと、岩山の中腹に天然の洞穴がいくつも見える。

「ふむ、あそこかな？」

目を凝らすと、洞穴があるあたりでいくつもの影が飛び回っているのが見えた。

赤い鱗を持ちコウモリのような翼を広げて飛翔する姿は、以前にも見たことがあるワイバーンに違いない。あのときは一体だけだったけれど、今回は見えるだけで十体以上はいる。

狩りに出かけている奴や巣穴の中にいる奴も含めれば、実際の群れの数は数倍以上になるだろう。

「うん、これは狩場にちょうどいい……じゃなくて、定期的に様子を見に来ないといけないな！」

知らず知らずのうちに緩んでしまっていた口元を引き締め、ワイバーンの様子を窺う。

狩りにでも行くのか、一体が飛び去ったのを見て、そいつに狙いを絞って後を追った。

しばらくして、ワイバーンが鹿を狙って森の上を旋回しているのを見た俺は、手近な石を投擲して奴を撃墜する。

ただの石程度では硬い竜の鱗は貫けなかったけれど、衝撃は伝わったようで昏倒していた。

あとは、持ってきた斧でサックリとトドメを差して狩猟完了だ。

「うん、なかなか元気そうなやつだったから肉にも期待できるな。さて、解体解体っと」

ご機嫌な俺は、大振りなナイフを手にワイバーンを解体していく。

鱗や牙を持って帰ればひと財産になるらしいけど、俺が興味あるのは肉だけだ。

モモやムネ、肩のあたりの肉を切り出して持ってきた袋に詰め、残りは穴を掘って埋める。

他のモンスターならまだしも、ワイバーンが仲間の死体を見つけたら騒ぎ出すかもしれない。後処理を終えた俺は、上手い具合に食材を手に入れられたことでホクホク顔になり村に帰るのだった。

ところが、家に帰ったところで少し問題が起きた。

なんとタチアナさんが来ていたのだ。

「あら、お帰りなさいジェイク君！　ノエルを迎えに来たの。お出かけだったかしら？」

「え、ええ。ちょっと用事がありまして……」

そう言って苦笑いしながらもさっと荷物を隠す。幸いにも彼女は俺の荷物には興味がないようで、いつものような優しい笑みを浮かべて話を続けた。

「最近はノエルがジェイク君の家に入り浸って……ごめんなさいね、迷惑じゃない？」

「いえ！　そんなことないですよ。やっぱり食事のときなんかは誰かいたほうが楽しいですし。あっ、タチアナさんもまた今度一緒にいかがですか？」

「あらほんとう？　じゃあ明日あたりお邪魔しちゃおうかしら。いつもお世話になっているし、わたしのほうでも何かおかずを用意するわ」

俺の誘いに彼女は悩むこともなく了承してくれた。

以前はこんなお誘いも出来なかったけれど、今は友人のような感覚で接することが出来ている。

とはいえ、間にノエルがいるからこその関係でもあるので、ここから俺とタチアナさんふたりの関係になるのには、切っ掛けが必要だとおもう。

収穫祭のコンテストで優勝するのは、その切っ掛けにちょうど良いはずだ。

「……ジェイク君、どうしたの？　急にボーっとして」

「うわっ⁉　い、いや、何でもないです！　大丈夫ですから！」

急に俺が黙ったからか、首をかしげて顔を覗き込んでくるタチアナさん。

思わず間近で彼女の顔を見ることになって驚いてしまい、一歩下がる。

「そう？　ならいいんだけど……。最近お仕事頑張ってるみたいだってノエルに聞いたから、きちんとお休みもとってね？　風邪なんか引いたりしたらあの子も悲しむと思うわ。わたしも妹の良い人が倒れたりしたら悲しいもの」

「……えっ？」

タチアナさんの言葉に衝撃を受け、しばし呆然としていた俺。

しかし、よくよく考えてみると当たり前のことだった。

（普段から人見知りのノエルが最近は俺の家に入り浸って、お泊りまでしてる……うん、傍から見れば完全に恋人だな）

もちろんノエルのことを娶る覚悟もしているが、さすがにタチアナさんにこう言われると少しショックがある。

（そっか、俺は妹の彼氏としか見て貰ってないのか……それはちょっと悲しいというか、厳しい状況だぞ）

もしこの状態で策もなくタチアナさんに告白すれば、ノエルをないがしろにしたと思われかねない。それは非情にマズい事態だ。

「……？　ジェイク君、どうしたの？　まさか本当に具合が悪いとか？」

「い、いえ！　それより俺、ちょっと仕事の準備があるので失礼します！　あっ、ノエルも呼んできますね！」

俺は慌てて誤魔化し、その場を乗り切る。

しかし、自分とタチアナさんの間にさらに一枚壁が加わったことに少し落ち込むのだった。


そんなタチアナさんとの会話からも時間が経ち、とうとう収穫祭当日になった。

村の中心部には、屋台や外からやってきた商人の出店が並び、にぎやかになっている。

その中でも一番盛り上がっているのは、中央広場のステージだった。

今はステージの上で、村人たちがそれぞれ自慢の歌声を披露する歌唱大会が行われている。

俺はといえば、ステージ裏に用意された調理スペースで料理の下ごしらえをしていた。

「ふぅ、まあこんなもんか。後はステージ上での調理だけだな」

俺はトレーに乗せられたピンク色の物体を見下ろすと一息つく。

今年は村一番の美人であるタチアナさんが審査員ということもあって、普段より参加者が多いらしい。おかげで、参加者は先にある程度まで調理をしておいて、審査前に仕上げて出来立てを彼女に提供するという寸法だ。そうしないと、時間が足りないらしい。

「おーい、お兄さん！　調子はどう？」

そんなとき、参加者の控室にノエルがやってきた。

周りの人たちは一瞬こっちに注意を向けたけど、またすぐに自分の作業に戻っていく。

「ノエル、ここは集中している人が多いんだから静かにな」

「あ、うん。気を付けるね。……それにしてもお兄さん、まさかお姉ちゃんにあんなこと言われるなんてねぇ。大丈夫かな？」

そう言いながらも心配するようなそぶりは見せず、どこか面白さそうな表情をしている。

ノエルはあの日の俺とタチアナさんの話を聞いて以来、ずっとこんな調子だ。

「大丈夫な訳ないだろう、アプローチの難易度が一気に上がっちまったよ！　でも、今回を逃せば他に最適なチャンスがないし。やるしかない！」

「ふふっ、その意気だよ。お姉ちゃん、ウジウジ悩んでいる人より振り切って頑張る人のほうが好みだろうしね」

「ああ、成功を祈っててくれ」

「うん。……ところで、お兄さんは何の料理を作るの？　でっかいお肉を持ってきたのは知ってるけど」

「それは後のお楽しみさ。まあ見ててくれよ！」

今回の料理にはかなり自信があるんだ。必ずタチアナさんをうならせてみせる！

俺がそう決意すると、それを待っていたかのようにステージで料理コンテストが始まるのだった。

満を持して始まった目玉イベントである料理コンテストは、予想以上に厳しい戦いとなった。

「さあ、挑戦者番号六番、漁師のジョージ！　タチアナ審査員の得点は!?」

司会のお姉さんが煽ると同時に、席に座っているタチアナさんが得点の書かれたプレートを上げる。

「六番、ジョージ君は……七点ね」

「おーっと！　有力視されていたジョージ選手でも十点には遠かったあああ！」

点数が表示されたとたん、見守っていた逞しい青年が肩をガックリ落とす。

「そ、そんなぁ……今日朝一で獲ってきた新鮮な魚なのに……」

「うん、素材はとても良いけれど、焦っていたのか下ごしらえが不十分みたいね。出来上がりの味にムラがあるわ。完璧に仕上がってたらもう少し点数が上がってたと思うの」

「うぐっ……俺の毎日新鮮魚料理でアタックプランが……」

タチアナさんの評価は容赦がなく、そして的確だった。

判定を下されたジョージも思い当たる節があったのか反論はせず、トボトボとステージを降りていく。そんな彼を、先に脱落した男たちが優しく迎え入れていた。

何とも生暖かい空気がするあの空間に俺まで落ちる訳にはいかないっ！

「さあさあ！　それでも、ここまでの最高得点は先ほどのジョージ選手の七点。これを上回り、見事タチアナ審査員の心を射止める選手は出てくるのか!?」

司会は相変わらずノリノリで進行させていくが、その言葉にタチアナさんが驚きの声を上げた。

「えっ!?　こ、心を射止めるってどういうことなの!?」

「またまたぁ……今回のコンテスト、タチアナ審査員に対するアプローチのチャンスじゃないですかぁ！　……っていうかタチアナ、あんたがそろそろ身を固めないと村中の男どもが未練がましく恋してて、あたしたちが相手を捕まえられないのよっ！」

ニヤニヤと笑みを浮かべる司会のお姉さん。タチアナさんの友人らしく、まったく遠慮がない。

どうやらこのコンテスト、男たちだけでなく女たちによる意図もあったようだ。

コンテストの優勝者が彼女にプロポーズ出来るというのは、もはやタチアナさん以外知らぬ者はいない暗黙の了解だった。

「い、いつの間にそんなことに……でも、料理の審査はきちんとしないと……」

困惑している様子だが、そんな中でも自分の役目を果たそうとするのは真面目なタチアナさんらしい。

「ふふふ、とっとと次に進みますよ！　さて、次は挑戦者七番！　村一番の何でも屋、ジェイク選手の登場だ！」

いよいよ名前を呼ばれ、俺はステージの上に上がる。

「ジェイク君……そう言えば、あなたも出場してたわね。どんな料理を見せてくれるのかしら？」

タチアナさんはもちろん、観客席の目も俺に集まった。

「おい、今度の挑戦者はあのジェイクだぞ！　どうなるかな……」

「あいつは何か突き出た長所はないけど、どんな仕事でもそれなりにこなすからな。案外料理も上手いんじゃないか？」

「とは言っても、この後にはパン屋のノックスや定食屋のアンディも控えてるんだぞ。本命はそっちだな！」

耳に入ってくる話では、さっきのジョージほど期待されている訳じゃないらしい。

ならその下馬評、思いっきり覆してやるさ。

「さあジェイク選手、準備はよいですね？　では料理開始！」

その言葉と共に、俺はさっそく料理に取り掛かった。

といっても、下ごしらえは済んでいるので後は成形して焼くだけだけど。

炒めた野菜やパン粉を加えた生地を手に取り、それを手頃な大きさに丸めて空気を抜いていく。

「おおっと、ジェイク選手の料理はハンバーグか!?　確かに、ステーキに比べると女性に喜ばれやすい肉料理だ！」

司会の解説を聞き流しながら、俺はしっかり空気を抜いたハンバーグのタネを油を引いたフライパンで焼いていく。ジューッと美味しそうな音と共に肉の匂いが広がり、食欲をそそった。

「……まぁ」

「おぉぉ！　目の前で焼き上げられるハンバーグに、ここまでいくつもの料理を食べてきたタチアナ審査員も釘付けだ！　これは、もしや良い線まで行ってしまうのかぁぁ？」

焼かれるハンバーグに喉を鳴らすタチアナさんを見て思わず口元がニヤける。

掴みは十分、あとはもうひと手間加えてガッツリ心を掴む！

「さあさあ、そろそろハンバーグが焼けるようですが……肝心のソースはどこに？」

「……ソースはない。仕上げはこのスープだっ！」

俺はそう言うと、横で加熱していた鍋を手に取って中身をフライパンの中に投入した。

「なっ……それはっ！　ハンバーグをさらにスープで煮込むですって!?」

「おおっと！　ここでジェイク選手の大技が炸裂！　予想外の展開にタチアナ審査員も思わず立ち上がったぞ！」

その驚愕はステージの上だけに留まらず、観客席までざわめいた。

「ハンバーグを……さらに煮込むだって？」

「肉を野菜に包んで煮込む料理はあるが、なるほど………こうも出来るのか！」

「おいおい、見てるだけでよだれが止まらねえよ！　こいつは大番狂わせがあるかもしれないぞ！」

会場全体がこれまでにないほど盛り上がり、俺の料理に注目する。

やがてハンバーグがほどよく煮込まれるころを見計らい、崩れないよう慎重に盛りつけ、その上からスープをかけていった。

最後に茹で野菜も盛りつけて彩れば完成だ。

「……どうぞ、タチアナさん。俺の料理を味わってください」

少し緊張しながら皿を差し出すと、彼女も頷く。

「うん。まさかジェイク君がこんな料理を出してくるなんて思わなかったから、少し驚いたわ」

「昔からの好物なんですよ。かなり昔からのね」

端的に言ってしまえば、前世での俺の大好物だった。

前は食べる専門だったけれど、今の俺にはランクＳＳＳの料理スキルがある。

素材と作り方がある程度分かれば、後は集中すればするだけ最適な調理具合が頭に浮かんでくるんだ。

それでも慢心せず、なんども試行錯誤を重ねてたどり着いたのがこの煮込みハンバーグだった。

「じゃあ、いただきます。まずはスープから……ッ!?」

タチアナさんはスプーンを手に取ると、少しだけスープをすくって口にする。

その瞬間、彼女の目が見開いた。

「これっ、美味しいっ！　……もしかして、うちのキノコを使ってるの？」

「さすがタチアナさん、分かりましたか。スープに混ぜさせてもらったんですよ、いい味出してるでしょう？」

「ええ、ここまで味を引き出せたことは、わたしでもそう多くないわ……」

信じられない、というような表情ですくったスープを見ているタチアナさん。

いつも落ち着いている彼女を驚かせたことに少し嬉しくなったが、まだメインが残っている。

「さあ、ハンバーグのほうも食べてみてください」

「う、うん……」

彼女は少し緊張した様子でナイフとフォークを動かし、ハンバーグを切り分ける。

「すごい、ナイフがスッと入っていくわ。それに肉汁とスープが絡んで大変なことに……いただきますっ、はむっ！」

ハンバーグを口に入れたタチアナさんは、少しの間、目を瞑っていた。

そのまま口の中のものを咀嚼して全て飲み込むと、ようやく一息つく。

「……はぁ。美味しい、本当に美味しいわっ！　スープもそうだけど、お肉も凄いの！　鶏でも豚でもないし、何なのかしら……はむっ、もぐもぐっ！　スープに浸してもしっかりお肉の味がするし、脂もサラッとしてて美味しいわ」

少し悩むようにしながらもさらにフォークを動かすタチアナさん。二口、三口と切り分けられたハンバーグが彼女の口の中に放り込まれ、もぐもぐと美味しそうに頬を膨らませる。

(タチアナさんがこんなに喜んでくれるなんて……頑張って作ってよかったぁ……)

いつもの大人っぽい仕草を忘れ、少女のように夢中になって食事している姿は最高に可愛かった。

やがて10分もしないうちに、つけ合わせごとハンバーグをぺろりと平らげた彼女は、スープの中から肉の塊が消えたことでようやく正気に戻った。

「はっ、わたしったらいつの間に……」

「おやおや、あのタチアナ審査員が我を失うとは……しかし、確かにそれだけの魅力があの煮込みハンバーグにはあった！」

司会者がそう言うと会場も盛り上がる。

どうやらタチアナさんの食べっぷりを見て、観客たちも存分に食欲を刺激されたらしい。

あちこちから自分にも食べさせろという声が聞こえる。

「待って待って、皆さんお静かに！　さあ審査員、ジェイク選手の得点は!?」

彼女がそう問いかけると、タチアナさんは名残惜しそうにフォークとナイフを机に置く。

そして得点の書かれたプレートを手に取った。いよいよ結果が決まる。掴みの印象はバッチリだったけれど、彼女にも好みがある以上、絶対はあり得ない。

わずかに生まれた不安が大きくなってしまいそうなそのとき、ステージの脇からノエルがこっちを見ているのに気づいた。

『お兄さん、がんばれっ！』

口の動きからそう言っているのが読み取れて、俺は改めて前を向く。

そして、タチアナさんの手でプレートが挙げられた。

「七番、ジェイク君の得点は……じゅ、十点よ！」

点数が見えた瞬間、俺は思わず拳を握りしめた。

「よっしっっ!!　やった、俺はやったぞ！」

何度も拳を握り、控えめに、しかし熱く喜びを表す。

ここまでの努力が実り、ようやくタチアナさんへアプローチするチャンスを得た瞬間だった。

「おおっ！　ついに出ました十点満点っ！　最初に十点をたたき出したのは、ジェイク選手だあああっ!!」

司会の盛り上げに会場が呼応し歓声が聞こえる。

「タチアナ審査員、とうとう十点が出ましたねえ……それほど美味しかったってことでしょうか？」

「ええ、そうね。これ以上ないってくらい素材の旨さを引き出してたし、魅せ方も上手だったわ」

「なるほど、こんな料理を作ってもらえる人なら旦那さんになってほしいって思ったんですねぇ？」

「ちょっ……何でそうなるのよぉっ！　ああもうっ！」

司会の煽りにタチアナさんは赤くなって顔を反らしたが、否定はしなかった。

俺はそれを確認するとステージを降り、後続の選手に場所を譲る。

あとは最終的な結果を待つだけだ。

「さあさあ！　ついに最高得点は出ましたが、まだまだコンテストは半ば！　ジェイク選手に続く男はいるのか!?」

熱気が冷めつつあるステージで司会のお姉さんが再び場を盛り上げ、コンテストは続いていく。

しかし、ついに最後のひとりまで俺を上回る点数は出なかった。


全ての審査が終わり、いよいよ表彰式となった。

唯一満点を出した俺は当然優勝で、村長から『サイト村料理コンテストチャンピオン』と刺繍されたエプロンと副賞の名産品盛り合わせを渡される。

とはいっても、この二つはほぼおまけのようなものだ。コンテストに参加した男たちの目的は、公（おおやけ）の場でタチアナさんにアプローチする機会を得ることだ。

ここでオーケーを貰えば、多くの証人のおかげで縁談は決まったも同然になる。

逆に断られても、かえって諦めがつくという寸法だった。

そして、そのタチアナさんは今、目の前に緊張した様子で立っていた。

「ゆ、優勝おめでとうジェイク君。あなたの煮込みハンバーグ、とっても美味しかったわ」

「ありがとうございます。俺、タチアナさんに喜んでもらいたくて本気で頑張ってみたんです」

「そう、そんなにわたしのことを……」

タチアナさんも俺の目を見て何か感じ取ったのか、複雑そうな表情をする。

ランクSSSのステータスを利用するのは卑怯ではないかという考えもなくはなかったけれど、本気を出さずにコンテストに勝っても、モヤモヤした気持ちが残る。だから、今回に限っては使えるスキルを全て使って勝ちにいったんだ。

俺はそのまま彼女に近づくと、じっと目を見た。そして、用意していた言葉を口にする。

「ずっと前からあなたのことが好きでした。タチアナさん、どうか俺の嫁になってください！」

シンプルに、ストレートに気持ちを伝えて頭を下げる。これが最適解だと何度も確認した。けれど、いざ言ってしまうと緊張で背中に嫌な汗が出てきた。

今までで一番手強いモンスターと戦ったときだって、これだけ緊張はしなかったのに……。

数秒後、ようやくタチアナさんが口を開いた。

「顔を上げてジェイク君」

言われたとおり姿勢を正すと、タチアナさんの顔が見えた。

その表情は、どこか少し怒っているように見える。

「ジェイク君の気持ちは嬉しいわ。心の籠った料理も作ってもらって、本当に嬉しいの」

「じゃあ！」

「でもね、わたしはノエルのことを考えると、どうしても受け入れられないわ」

「ッ！　そう、ですか……」

そう言われて、俺は思ったよりショックを受けていなかった。可能性としては十分考えていた返答だったからだ。

「それは、俺の嫁にはノエルが相応しいって意味でしょうか？」

「ええ、そうよ。農場の仕事以外は人見知りで、モンスターのことばかり調べたり考えたりしていたあの子がようやく男の子に興味を持ったの。その相手から告白を受けるなんて思わなかったけれど、姉としては断るしかないの。妹の幸せを邪魔したくないんだもの」

彼女はそこで一度言葉を切ると、改めて口を開く。

「それに、ジェイク君もジェイク君よ。まさかノエルの気持ちに気づかないでわたしを口説きに来たの？　あの子、ただの友達感覚であなたの家に入り浸っていたんじゃないわよ？　もちろん、わたしにはジェイク君に、ノエルを受け入れろなんて強要はできないけど、せめて……」

「ノエルの気持ちなら分かってます。あいつを嫁に貰った上で、タチアナさんにもうちに嫁にきてほしいんです」

「…………えっ？」

そのときのタチアナさんは、思考がショートしたようにポカンとしていた。

それからたっぷり数十秒かけて再起動した彼女は、慌てた様子で俺の肩を掴む。

「い、今の言葉はどういうことなの？　ノエルをお嫁にして、その上でわたしまで!?」

「……そうだよお姉ちゃん。あたしたち、一緒にお兄さんのお嫁さんにならない？」

ここぞというところで、ノエルがステージ上に上がってきた。

彼女は呆然とする姉の横を通り、傍に来て俺の腕を抱く。

「心配しなくても、もうあたしは確約してもらってるもん。ねぇ、お兄さん？」

「ああ、たしかにそう約束したよな。その上で、最後のチャンスだと思って今回このコンテストに参加したんですよ。ノエルに協力してもらって、タチアナさんの好みも勉強しましたし」

俺とノエルの話を聞いて、徐々にタチアナさんの目に理性が戻ってくる。

「あなたたち、本気で……その上でわたしまで口説こうとしてたのね？　はぁ、こんなことが起こるなんて……」

彼女はそう言って額に手を当てる。けれど、表情はどことなく苦笑いをしていた。

「……正直なところを言うとね、あれだけ美味しくて気持ちの籠った料理を食べて、その瞬間ジェイク君ならいいんじゃないかって思ったの」

「タチアナさん……」

「でも、ノエルのことが頭に浮かんで、ジェイク君はあの子のだから断らなきゃって思って……寂しかったわ。でも、もうそんなこと思わなくていいみたい」

「じゃあ、お姉ちゃん！」

「うん。ジェイク君、これから姉妹揃ってよろしくね？」

そう言ってタチアナさんに笑いかけられ、俺は天にも昇る気持ちだった。

「ええ、もちろん！　ふたりとも、ちゃんと幸せにします！」

俺はそう言うと、空いている左手で彼女を抱き寄せた。

タチアナさんも喜んでそれを受け入れ、ノエルと顔を合わせて笑みを浮かべている。

（ああ、ついにこのときが！　タチアナさんとノエルを俺の嫁に出来る！）

ようやくのことで叶った夢に、頬が緩むのを止められない。

しかし、この会場にはこんな結末を快く思わない者たちもいた。

「おいおい、これはどういうことだ！　あの器用貧乏なジェイクが俺や定食屋のアンディを差し置いて優勝だと？　納得できねえ！」

そう言ってステージまで上がってきたのは、俺と同年代の赤毛の若者だった。

今回の優勝候補の一角だった、パン屋のノックスだ。

彼は自慢のパンとチキンカツでサンドイッチを作ったが、惜しくも九点止まりだった。

「そうだな、今までジェイクがそんなに料理が上手いなんて聞いたことがない。この前ウチの店を手伝ってもらったときも、俺から見ればそこそこどまりだった」

ノックスほどではないが、不満そうな顔をして言うのは定食屋のアンディだった。

彼も、女性を意識した野菜中心の定食で勝負したが、九点どまりだ。

ふたりの抗議に、司会のお姉さんが怒った表情でやってくる。

「ちょっとちょっと！　まさかタチアナがえこひいきしたって言うの？　彼女がそんなことする訳ないじゃない！　それに、大会のルールで優勝者がプロポーズに成功したら結果を受け入れるって誓約書に書いたはずよ！」

　彼女の言葉にノックスとアンディは頷いたが、その後で、互いに顔を見合わせた。

「ええ、それは分かってます。だから、今ここで俺たちはジェイクに決闘を挑む！」

「結果はどうあれ、ジェイクとタチアナさんの結婚に文句は言わない。けど、もし真剣勝負でさっきのハンバーグ並の料理を作れなかったら、何らかのズルをしたと判断して今後一生うちの店には出入り禁止にさせてもらう！」

　ふたりの突然の宣戦布告に会場がどよめいた。

「なに、ノックスとアンディが決闘を挑むだって？」

「ジェイクがズルしたんじゃないかって話だ。確かに、村ではいろんな仕事ができるけど上達はしない器用貧乏で通ってたからな。急に料理が達人並になるなんて変な話だぜ」

「こりゃあ、どんでん返しがあるかもしれないぞ！」

　ざわざわとし始める観客たちを前に、俺はタチアナさんの傍から離れてふたりのところに向かう。

「ジェイク君！　わたし、あの料理を信じていいのよね！」

「……はい、今から証明してみせますよ」

　後ろから心配そうに声をかけてきたタチアナさんにそう言い、俺はノックスとアンディの前に立った。

「決闘は一品勝負。制限時間はコンテストと同じ。審査員はステージにいる全員だ。それでいいか？」

そう言うと、ふたりは笑みを浮かべて頷いた。

「よく出てきたな、いい度胸だジェイク。お前の腕前、俺たちが確かめさせてもらうぜ」

「もしズルしてたなら、今のうちに謝ったほうが得だぞ。この村で暮らしにくくなることには変わりないけどな」

どうやら、ふたりの疑いは相当に深いらしい。

(確かに、前にそれぞれの家の仕事を手伝ったときはSSSランクのステータスに気づかれないよう手を抜いていたからな……でも、今回は俺はもちろん、審査したタチアナさんの名誉もかかってるんだ。本気でやらせてもらう!)

俺は静かに闘志を燃やし、さっそく調理台に向かう。

「さあさあ、コンテストは終わったが男たちの勝負はまだ終わらない! エキシビションというには少し殺伐としているけれど、上位入賞者たちのガチバトルが見られるわよ!」

勝負が始まると、ここは自分の仕事だとばかりに司会のお姉さんが場を盛り上げる。

突然口論が始まって静まっていた観客も、それに合わせて再度盛り上がり始めた。

「優勝したジェイクの料理の腕が怪しいとか、きな臭い勝負になったたな……」

「でも、さっき作った煮込みハンバーグは見た目と匂いだけでも特上だったぞ!」

「なんにせよ、目の前で一から作ればはっきりわかるだろう。期待させてもらおうぜ」

口々に意見を言いつつも、みな俺たちの勝負に注目している。

今度こそ、文句の言われようがない腕を見せつけて勝ってやる!

「ワイバーンの肉は使い切っちゃったけど、幸いまだスープに使ったキノコや野菜、それに付け合わせ用にと思ったスパゲッティもある……よし」

俺はさっそく食材を切り、炒め、さらに大量のスパゲッティを茹で始めた。

食材の切り方一つでも、俺は他の人間と違ってどこをどう切れば美しくなるか、味がよく染み込むかが本能的に分かる。もちろん鍋やフライパンの熱し具合も完璧に近い。

今の俺は、まるで最適な料理の仕方がインストールされたロボットだ。

茹で上がったパスタを皿に盛り、その上に炒めた具材とソースをかける。

これで、美味しそうに湯気の立つキノコスパゲッティの完成だ！

タチアナさんとノエル、司会のお姉さんにノックスとアンディ、それに他の選手の分も盛りつけるとそれぞれ配膳していく。

「おおっと、一番乗りはジェイク選手だった！　完成したのはどうやらパスタのようです。見た目はいたって普通のものですが……さあ、実食といきましょう！」

お姉さんの合図でそれぞれが皿を持ち、フォークで麺をくるくる巻き取って口に入れていく。

すると、最初に他の選手たちから驚きの声が上がった。

「なんだこれは!?　味付けはそこまで特別でもないのに、ただひたすらに旨いぞ！」

「お、俺は昨日の夕食もスパゲッティだったのに……なんだこの差は!?」

「間違いねえ、ジェイクの料理の腕は本物だ！　なんたって、ここで一から料理をするのを見てたんだからな！」

タチアナさんたち女性陣も、美味しそうにスパゲッティを食していた。

そして、肝心のノックスとアンディだが……。

「くっ、これくらい俺だって……まだ負けてない！」

「う、旨い……あの材料でどうしてここまでの旨さが出せるんだ……？」

ノックスは若干キレ気味になりつつも完食して自分の調理に戻り、アンディは呆然とした様子でスパゲッティを食すと勝負を棄権した。

その後、ノックスは渾身のパン料理でリベンジを果たそうとしたが、アンディを含めその場にいた多くは俺の料理を支持する。

結果、エキシビションマッチは再び俺の勝利で幕を閉じた。

これでもう俺に待ったをかける奴はおらず、今度こそコンテストが幕を閉じる。

こうして、俺の人生に新しくふたりの家族が加わることになったのだった。

◆　　◆

そして、料理コンテストが開かれた収穫祭から、しばらくの時間が過ぎた。

ステージ上での劇的な告白劇は多くの人に目撃され、瞬く間に村中の話題の中心となってしまった。当然と言えば当然だが、毎日仕事先でからかわれているので、さすがに恥ずかしい。

そんな状態だが、サイト村の人たちは俺たちのことを快く祝福してくれている。

色々な人たちの協力のおかげで先日結婚式を挙げることも出来て、俺とノエルとタチアナさんは夫婦となった。

あいさつ回りなど諸々が終わり、ようやくゆっくり休めるようになったというわけだ。

「ふたりとも、お疲れ様。式の準備だったり挨拶だったり、いろいろ大変だっただろう」

リビングでゆっくりくつろいでいる彼女たちにお茶を出すと、嬉しそうに受け取ってくれた。

「ありがとうジェイク君。んっ……ふぅ……美味しいわ」

「はぅ……お兄さんの淹れたお茶、ほんとに美味しいよねぇ。体の疲れまでとれてきそうだよぉ」

仲よくソファーに座り、コップを傾けるふたり。

この美人姉妹が今や俺のお嫁さんなのだと思うと、未だに少し信じられないものがある。

「ふぁ……うう、眠い。あたし、今日はもう寝るねぇ。じゃあ、後は新婚ホヤホヤのおふたりでごゆっくりー」

温かい飲み物を飲んで眠気が増したのか、そう言うとノエルはフラフラと立ちあがって寝室に行ってしまった。

新婚という意味ではノエルもそうなんだけど、彼女なりに気を使ってくれたのが分かったので心の中で感謝する。

それを見届けた俺は、タチアナさんのほうに振り返った。

「ええと、タチアナさん。今日は……」

緊張からか少し歯切れが悪くなってしまい、それを聞いた彼女が苦笑いする。

「ふふふ……」

「ちょっ、タチアナさん！」

「御免なさい。でも、ジェイク君でも緊張するのね。ノエルから話は聞いてるけど、

「経験は豊富なんでしょう？」

冷静を心掛けているようだけど、そう言う彼女も明らかに顔が赤い。

確実にこの後のことを意識しているようだ。

「……お風呂にも入ったし、わたしはいつでもいいよ」

タチアナさんが恥ずかしそうにしながらそう言うのを見て、俺は我慢できなくなった。

ソファーから彼女を引き起こし、腰に手を回して抱きしめながら唇を奪う。

結婚式のときの淡いキスとは違う、情欲のこもった熱烈なキスだ。

「んっ!?　ジェイクくっ……んっ、んんっ……！」

「ん……タチアナさん、俺たちも寝室に行こうか」

「はぁ、ん……はいっ」

俺はそのまま彼女を連れ寝室へと向かった。

部屋の中に入ると、まずタチアナさんをベッドに寝かせる。

仰向けで横になった彼女は、顔を赤くして俺のほうを見上げていた。

「あの、ジェイク君……恥ずかしいから明かり、消さない？」

「何言ってるんだ！　それじゃあせっかくのタチアナさんの顔が見えないよ」

「ううっ、ほんとは凄く恥ずかしいんだけど……仕方ないわね」

そう言いながらも俺の言葉を嬉しく感じてくれたのか、まんざらでもない表情だった。

俺はそんな彼女に足元から近寄り、むっちりした太ももに手を置く。

そのままぐっと左右に押し開くと、レースで縁取られた新品らしい下着が露になった。

「うっ、恥ずかしぃ……あんまり見ないで……」

「そんなこと言わないでくださいよ。この綺麗な下着だって今日の為に用意してくれたんでしょう？　せっかくタチアナさんが気遣ってくれたんだから、隅々まで堪能しないと……ほら」

俺は彼女の股間に手を近づけ、下着越しに秘部を撫で上げる。

「ひうっ!?　い、いきなりそこに触るなんてっ……あくっ、またっ……はひぃ、んんっ！」

ゆっくりと指を動かすたびにタチアナさんが身もだえし、悩ましい声を上げる。

それが嬉しくて、俺はさらに手を動かして愛撫を激しくしてしまった。

「ほら、今度は直接触るよ？　こうやって、ショーツの隙間から指を入れて……」

「ああっ！　ダメッ、待って！　いま直に触れられたらっ……いひゅっ、あうっ、はぅぅぅっ!!」

下着の上から焦らしていたからか、直接触った途端に、タチアナさんは今まで以上に大きな嬌声を上げた。ふとももがビクビク震え、背筋が反ってただでさえ大きな胸がさらに強調されている。

「タチアナさん、すごくエロいよ……そんなに気持ち良かった？」

「そんな、ことはっ……んっ、くぅぅ……！」

首を横に振り、ギュッとシーツを掴んで否定する彼女。

しかし、愛撫で濡れた秘部の現状は、何をどう言ったってとりつくろえない。

すでに奥から漏れだした愛液が、ショーツに染みを作っていた。

「せっかくの下着、さっそく汚しちゃったね……しわくちゃにならないうちに脱いじゃおうか」

「待って、恥ずかしいからっ……あっ、あああっ！」

タチアナさんの制止を振り切り、腰を上げさせて下着を抜き取っていく。

「これから何度だって、それこそ赤ん坊を孕ませるまでセックスするんだから……今さら恥ずかしがっても遅いよ」

「うっ、あぁぁっ……でも、恥ずかしいのよっ！　ううっ、やだ、見られてるっ……」

「別にどこもおかしいところなんかない。とっても綺麗だ……んっ」

顔を真っ赤にしている彼女の股間に顔を近づけ、秘部を舌で舐め上げた。

「ひゃわあああっ!?　なっ、なにいまのっ!?　気持ちいいのがビリビリって流れ込んできてっ……こ、こわいよジェイク君っ、こんなこと初めてなのっ！」

「大丈夫、俺に任せてください」

そう言いながらも、俺は与えられる快感に慣れず混乱している様子のタチアナさんを見て興奮を抑えられなかった。

いつもは皆に憧れられるしっかり者のお姉さんなのに、ベッドの上ではこんなにも無防備だなんて……。そのギャップで、心の中の征服欲が押さえられなくなりそうだ。

それでも今すぐ襲い掛かりたい衝動を抑え、愛撫を続けていく。

「いうっ、あぁっ！　気持ちいいっ、気持ちいいよジェイク君っ！　こんなの初めてっ、こんな気持ちいいのっ！　頭の中、快感でグチャグチャになっちゃうよぉっ！」

「いいよ、そのままグチャグチャになれ……タチアナさんのエッチな姿、俺だけに見せてくれっ！」

指をたっぷり濡れた膣内に挿入して、内側の壁をマッサージするように愛撫する。

すると、タチアナさんが全身を強張らせた。

「ひゃぐっ、あああぁぁっ!!　イクッ、イってるぅぅっ!!　はひっ、ひぃぃっ、あうぅぅっ！」

ガクガクと腰を震わせ、大量の愛液を垂れ流しながら絶頂するタチアナさん。全身が火照り、目の焦点は合っておらず、漏れ出た愛液で腰のあたりのシーツには染みができていた。

「はぁっ、はぁっ、はふぅっ……か、体が溶けちゃいそう……」

「タチアナさん、大丈夫？」

「だ、大丈夫じゃないわ。見ればわかるでしょう？　その……こんなに気持ちいいの初めてで……」

息を乱し、恥ずかしいのか目元を腕で隠しながらそう言う。

ただし下半身は力が入らないのかイったときのままで、絶頂で緩んだ秘部が俺を誘っていた。

「……タチアナさん、そろそろ俺も限界なんだ。いいかな？」

問いかけると、彼女は顔から腕をどかして少し赤くなっている目で俺を見る。

「うん、我慢させてごめんなさい。でも、もう大丈夫だと思うから。……わたしも、ジェイク君にいっぱい愛してほしいわ」

「タチアナさんっ！」

いよいよ抑えられなくなった俺は彼女の足を大きく開かせ、服を脱ぐとその上に覆いかぶさる。

熱く滾った肉棒を秘部に押し当てると、彼女の体がピクッと震えた。

「熱い……これが、ジェイク君の？　大丈夫かな……ううん、ノエルも抱いてもらったんだものね。お姉ちゃんのわたしが怖がってられないわ」

「じゃあ、一気に入れるよ」

タチアナさんが頷くのを見て、俺は腰を前に進めた。

肉棒が温かい空間に飲み込まれ、キツい締めつけを掻き分けて奥まで進んでいく。

「ひっ、あぎゅっ！　はっ、ぐっ、はぁぁっ！」

「くっ、奥まで入った……タチアナさん、大丈夫？」

肉棒が最奥まで到達したのを感じて顔を上げると、彼女は呆然としていた。

「うぐっ、はぁぁっ……だ、大丈夫よ。わたしの初めて、ちゃんと受け取ってもらえた？」

少し呼吸を乱しながらも苦笑いするタチアナさん。

「ちゃんと受け取ったよタチアナさん！　俺、ほんとにタチアナさんを抱いてるんだね……凄く嬉しいよ」

憧れの女性と一体になった幸福感は、他に現しようがないものだった。

直に彼女の体温を感じてため息をついていると、タチアナさんが話しかけてくる。

「ねえジェイク君、わたしはもう大丈夫よ。お腹の中で辛そうに張り詰めてるもの、好きに動かして？」

「タチアナさん……じゃあ、もう遠慮しないよ」

気遣っていた彼女にそう言われ、抑えていた劣情があふれ出す。

タチアナさんの細い腰を掴むと一気に腰を動かし始めた。

「ひゃんっ！　はっ、ひふっ……わたしの中で、ゴリゴリ動いてるっ……ひぃんっ！」

「うおっ……タチアナさんの中、柔らかいくせにギュウギュウ締めつけて放してくれないっ！」

ずっと憧れだった女性の膣内の気持ち良さに、思わず声を上げてしまった。

さすがにノエルほどの締めつけはないが、その分深い奥行きと厚い肉付きで俺を包み込んでくれる。その感触に、たまらず腰の動きを速くした。

「あひっ、んぐっ……ああダメッ、そんなに速くしちゃ……ひぃぃぃんっ！」

思い切り腰を打ちつけると、タチアナさんの口から部屋中に響くほどの嬌声が吐き出される。

彼女の端正な顔立ちが快感に歪み、止まない快楽に身を震わせた。

「はうっ、あぁっ！　はひっ、ひぃぃぃぃんっ！　気持ち良くって、頭の中がボーっとするのっ！はぁっ、うきゅうううぅぅ！」

「ぐっ、また締まるっ……タチアナさんの中、一秒ごとにギュウギュウ締まって刺激してくるっ！」

腰の奥から精液を絞り取るみたいな締めつけに、思わず腰の動きも鈍ってしまう。

その代わりに、目の前でピストンの度に揺れる一対の柔肉に目標を変更した。

手を伸ばして胸元をはだけさせると、すぐに真っ白な柔餅が姿を現す。

「ジェイク君!?　そ、そんなにじっくり胸を見ないでっ！」

「それは無理だよ。タチアナさんのおっぱい、俺の顔より大きい上にこんなにエロい形してゆさゆさ揺れて……男なら誰だって自分のものにしたくなるに決まってる！」

欲求のままに手を伸ばして膨らみを鷲掴みにすると、その柔らかさに指が乳肉に沈むほどだった。

「きゃうっ！　やっ、あんっ！　下だけじゃなく上でもっ……ひうっ、うきゅううぅぅっ！」

「ふぅっ、タチアナさんのおっぱい、凄い感触だ……」

少し力を入れるだけで乳房が歪み、動かした分だけ、快感が指先と手のひらから伝わってくる。

そんな爆乳を刺激すると、それに合わせて膣内もピクピクと反応していた。

「おっぱいを揉まれるほどアソコも気持ち良くなるっていうのか？　ほんとにスケベな身体をしてるよっ！」

「いやっ、ひやあああっ！　違うわっ、わたしはそんな変態じゃ……ひぃんっ！　はひっ、あうううううっ！」

「でも、現に俺が手と腰を動かす度に気持ちよさそうな声が出てるじゃないか。ここにはふたりしかいないんだから、隠さなくてもいいんだよ？　タチアナさん、もっと自分に素直に、エッチになっていいんだよ！」

そう言いながら胸を愛撫し腰を動かす。

彼女の顔に普段の冷静さは欠片もなく、頬は赤くなって口元は歪みっぱなしだった。

「ダメッ、それダメェエエエッ！　気持ち良いのっ、我慢できないっ……お願いジェイク君、もっとゆっくりしてっ！　またわたしひとりだけイクなんて嫌なのっ！　今度はジェイク君と一緒がいいの、だからっ！」

「なっ!?　急にそんなこと……くっ、うぐっ……！」

恥辱にまみれながらも健気な言葉を向けてくる彼女に、思わず動きを止めてしまう。

「ひっ、はっ、ふぅぅっ……さ、さっきみたいにわたしだけイかされるのは嫌なの。せっかく夫婦になったんだから、ちゃんと一緒に……ね？」

「……そうだね、ごめん。俺、興奮しすぎてたみたいだ」

これじゃあ欲望に身を任せるばかりの獣と変わらない。

せっかくの初夜を台無しにしてしまうところだったと反省する。

「いいのよ、それだけわたしのことを想っててくれたんでしょう？　凄く嬉しいわ、ありがとうジェイク君」

けれど、タチアナさんは落ち込んだ俺を慰めるように笑みを見せてくれた。

「俺、タチアナさんのこと諦めないでよかったよ……」

一時はノエルとのことで距離を置かれる感じがあって辛かったけど、そのときに諦めなくてよかったと本当に思う。やっぱりタチアナさんは、俺の憧れどおりの素晴らしい女性だった。

「じゃあ、今度は俺もタチアナさんと一緒にイクよ！」

「ええ、ふたりいっしょに。いっしょなら、わたしも気持ち良くなるのは怖くないから……はうっ、んぁっ！」

再度腰を動かし始めると、タチアナさんはうっとりした表情で熱っぽい息を吐いた。

今度は無理に我慢しようとはせず、感じた快感をそのまま吐き出すつもりらしい。

「タチアナさんのこと、沢山気持ち良くするよ。もうだいぶいいところは分かってきてるから。ほら、この上側のところとか気持ちいいんじゃない？」

「あひっ!?　そっ、そこっ、気持ちいいっ！　そんなところ、今までわたしも知らなかったのにっ！ひうっ、なんでなの!?」

「俺は人より感覚が敏感だからね。タチアナさんの反応がよく分かるんだよ」

実を言えば、今回は最初から感覚を鋭くしてタチアナさんが気持ち良くなれる場所を探りつつ責めていた。超高ランクステータスの無駄遣いだけれど、おかげで初めての彼女も気持ち良くさせることが出来ている。

セックスに活用したのは初めてだけど、予想以上の効果だった。

唯一の弊害として、こっちも興奮が高まるのが早くなってしまうけど、相手のほうがより感じやすくなっているんだから問題ない。

「やぅっ、ひきゅううっ！　あっ、またそこっ！　そこ感じやすいから突かないでぇっ！」

「遠慮しないで、どんどん気持ち良くなってよタチアナさん！」

彼女の腰を両手で掴み、体ごとぶつかるようにしながら犯す。おかげで体重の乗った突きが彼女の最奥を突き解し、子宮口も徐々に性感帯として開発されていった。

「ううっ、はうっ、あんっ！　奥、突かれるのもだんだん気持ち良くなってきちゃうっ！　ジェイク君に開発されて戻れなくなっちゃうぅぅ！」

タチアナさんは再度犯されて、もう前後不覚の状態だった。

わずかに理性は残っているけど、体の大部分は快楽に犯されて、セックスで気持ち良くなること心がに染まっている。

目の前の光景は、存分に俺の征服欲と独占欲を刺激した。

「そうよ、もうタチアナさんは俺の嫁なんだ……もう元に戻れなくさせてやるっ！」

ベッドに手をつき、彼女に覆いかぶさるようにしながら腰を振る。

腰と腰のぶつかり合う乾いた音が部屋に響き、それにタチアナさんの発する嬌声が混じった。

「あうっ！　ひっ、きゅひぃ！　イクッ、もうイクッ！　わたし、またイっちゃうのっ！」

そのとき、彼女が再び限界を訴えてきた。

今度はもう途中で動きを止めたりしない。

俺のほうもここまでの激しいやりとりで興奮が最高潮まで高まっていた。

「タチアナさん、俺もだよ！　このまま、今度はふたりで一緒にっ！」

すると、彼女もこっちに合わせて手を握り返してくれた。

俺は片手で太ももを押さえつけると、もう片方の手をタチアナさんの手と繋ぐ。

「うん、きてっ！　頑張って全部受け止めるからっ、わたしに、ジェイク君の気持ちを受け止めさせてっ!!」

瞳を潤ませたタチアナさんと視線が合い、興奮が一気に沸騰する。

「ッ!!」

彼女への思いで全身が力んだ。そして次の瞬間、互いの体がカッと熱くなる。

「いひゅっ、あああぁあぁぁっ!!　イクッ、イクイクッ、きひいいぃいぃいっ!!　イッグウウウウウゥウゥウッッ!!!」

「ぐううぅぅぅぅ!!」

絶頂と共にタチアナさんの足が腰に絡みついてくる。

おかげで俺と彼女の腰は隙間なく密着し、そのまま欲望がはじけた。

蛇口が壊れたかと思うほど大量の精液が発射され、タチアナさんの中を真っ白に染めていく。

「あぐっ、あぁぁぁっ!!　熱いっ、熱いのぉっ!　ひぐぅっ、ジェイク君の赤ちゃんの素で、お腹の中いっぱいになっちゃうぅぅ!!」

タチアナさんの顔は目が潤み口元が緩んで大変なことになっていたが、それでもはっきりと分かる嬉しそうな表情だった。

「はぁっ、はぁっ……こっ、今度はいっしょにイケたわね……」

彼女のその笑顔を見ると、こっちも自然と頬が緩む。

「ああ、そうだね!　今度はちゃんと約束を守れて安心したよ、ふぅ……」

そのまま脱力して肘をつくと、タチアナさんが俺の首に手を回してくる。

絶頂したばかりでほとんど力が入っていなかったので、俺は彼女の求めるまま近づいていった。

そして、そのまま久しぶりとも思えるキスをする。

「あむ、ちゅむ、んっ……」

「んぐっ……ふぅ、とりあえず一休みしようか」

一通りキスに付き合って、彼女が満足したのを見計らうと体を離す。

同時に膣内から肉棒も引き抜き、何十分にもわたっていた結合がようやく終わった。

だが、そのすぐ後にタチアナさんがビクッと肩を震わせた。

「んっ……あっ、いやっ、ダメッ！」

「タチアナさん？」

彼女は少し慌てた様子だったけれど、イったばかりでまだ体に力が入らないようだ。

どうしたのかと思っていると、その視線が彼女自身の下半身に向かう。視線の先を追うと、そこにはぽっかりと空いた膣口とそこから漏れだしている白濁液という光景があった。

「ううっ、いやぁ……ジェイク君、恥ずかしいから見ないでぇ……」

かなり恥ずかしいようで、両手で顔を覆っているタチアナさん。

けれど、俺にとってはご褒美そのものだった。

「うわ、こんなにたくさん……確かにタチアナさんの子宮でも全部は受け入れられないよね」

「……バカ、見ないでって言ったのに……」

「あはは……ごめん、タチアナさん」

顔を隠したまま拗ねたような口調で言う彼女に苦笑いする。

けれど、こんな会話するなんてことも、少し前までは考えられなかった。

改めて彼女との関係が進んだことを実感して、少し嬉しくなる。

「じゃあ、俺は飲み物とかタオルとか持ってくるよ。さっきは少し慌ててたから」

そう言ってベッドから立ち上がると、肌着だけ身につけて部屋を出ようとする。

「タチアナさんは普通の水でいいかな、それとも……ん？」

しかしドアノブに手をかけようとした瞬間、扉の向こうに気配を感じて立ち止まる。

すると、やはり誰かいたようで扉がひとりでに開いた。

「ひゅーひゅー！　ふたりとも、お熱いねぇ……家中に声が響いてたよ？」

そこにいたのは、ニヤニヤとした笑みを浮かべるノエルだった。彼女は手に水の入った瓶と山盛りのタオルを乗せたお盆を持ち、俺とタチアナさんを交互に見ている。

「えっ、ノエルッ!?」

「……もしかして、起こしちゃったか？」

心底驚いている様子のタチアナさんと、少し苦い顔の俺。

対照的な俺たちを目にして、ノエルの笑みはますます深まった。

「ふっふっふ、別に謝ることないよ。だって、そもそも先に寝るっていうのが嘘だったんだもん。お兄さんとお姉ちゃんの初夜なのに、まさかあたしだけグースカ寝られるわけないじゃん♪」

悪戯が成功したかのような笑みを浮かべるノエルに、俺はため息をついた。

「ふぅ……確かに今夜は緊張してたけど、まさかノエルに騙されるなんてな」

よく観察すれば分かっただろうけれど、さっきまで頭の中の大部分は、タチアナさんとの初夜のことが占めていた。

不覚にも、ノエルの企みを見抜けなかったのは痛恨の極みだ。

けれど、もっと重症なのはベッドの上のタチアナさんだった。

「……ノエルは起きてて、しかも声を聴かれて……い、いやあぁぁっ！」

俺に抱かれているときに負けないくらい顔を真っ赤にすると、シーツを掴んでその中に身を隠してしまった。

「な、なんでそんなことしたのよ、ノエルッ！」

「ええー、だって仲間外れなんてつまらないじゃない？　あたしにとってもお兄さんは旦那様なんだもん」

「うっ、そう言われると弱いわね……で、でもあなたは前からジェイク君とエッチしてたんでしょう。そう聞いたわよ!?　わたしは、今夜が初めてだったの！」

「うん、だから一回目はお姉ちゃんに、ふたりきりのラブラブな時間を譲ってあげようかなって」

どうやらノエルも、ノエルなりに考えがあって事に及んだらしい。

こうなるとタチアナさんも強いことは言えず、黙ってしまう。

「まあでも、しっかりエッチできてよかったよ。お姉ちゃんも気持ちよさそうだったし、しばらくお兄さんの相手はふたりで分担できるかな？」

「しばらくって？」

「もちろん、どっちか孕んじゃうまでに決まってるよ。あっ、同時に孕まされちゃう可能性もあるね！」

「ははは、そうなったら嬉しいけど大変だな」

王都のような都会ならいざ知れず、こういった田舎だと、子供はいくら産んでも歓迎される。

周りにはまだまだ豊かな土地が余っているし、人間が増えれば増えるだけ村が豊かになるからだ。

さすがに無計画に作ってしまうようなことは出来ないけれど、子宝は多ければ多いほど歓迎されるはずだ。

歓迎されるといえば、最近俺の周りも少し賑やかになってきた。

（あのコンテスト以来、仕事の手伝いをしてほしいって依頼が増えたな……。だいたいは、賄い飯を作ってほしいってお願いもくっついてきたけど）

あのとき料理を食べた奴らが話したのか、俺が一級品の料理の腕を持っているという噂が村中に広まっていた。

おかげで興味を持った人たちから、仕事の誘いが絶えないんだ。

実際仕事先で料理を作ると喜んでもらえるけれど、その分手当てを多く貰うことにしている。

タダで作ってたら、村の飲食店からいろいろ文句を言われてしまいそうだし。

それでも誘いが絶えないあたり、それなりに好評なようだ。

（家族が増えた俺にとっては収入が安定するのは嬉しいな。あんまり忙しすぎても、タチアナさんやノエルと過ごす時間が減って困るけど）

そんなことを考えていると、ノエルに頬を突っつかれてしまう。

「もう、急にボーっとしてどうしたの？」

「あ、ああ……ごめん、少し考え事をしてたよ」

「せっかく美人をふたりも侍らせてるのに、心ここにあらずなんて心外だよ。ねえ、お姉ちゃん？」

ノエルはわざとらしく怒った表情をすると、姉のほうを向いてそう言った。

立ったままなのも疲れるので、俺たちはベッドのほうに移動する。

縁(ふち)に腰かけた俺の左右に、タチアナさんとノエルも座った。

「えっ？　う、うん、そうね」

体を拭いている途中、突然話を振られたタチアナさんは訳も分からず頷いてしまう。

それを見たノエルは、ニヤッと笑みを浮かべた。

「じゃあ、お兄さんにはお詫びに……あたしたちを一緒に可愛がってもらおうかなー」

笑みを浮かべたままそう言ったノエルは、俺の腕を捕まえる。

一方のタチアナさんは、妹の言葉に驚いて目を丸くしていた。

「い、一緒にって今から!?　わたし、さっき初めてだったのに……しかも、ノエルと一緒にだなんて！」

「えー、お姉ちゃん、妹と一緒じゃいやなの？　もうふたり共、お兄さんのお嫁さんなんだよ？」

ノエルはベッドの上ではそんなこと気にするなと言いたいんだろう。でも、さすがに姉妹だからといって……いや、姉妹だからこそ見られたくない姿があるというのも理解できる。

「まあまあ。ノエルも、そんなにいきなり誘うことはないだろう。本人の気持ちもあるし」

俺はそっとフォローしたが、どうやら彼女は諦めていないらしい。

腕を引っ張ると、そのまま俺をベッドの上に連れ込む。

「ふふん、じゃあいいよ。途中でしたくなったら、仲間に入れてあげる」

自信満々にそう言ったノエルは着ていた服を脱ぎ、裸体を晒して俺の股間に顔を埋めた。

「おい、ノエル！　そこはまだ軽く拭いただけで……」

いきなりそうくるとは思わず俺は慌ててしまったが、彼女には気にする様子がない。

それどころか、どこか嬉しそうな雰囲気すら漂っている。

「ふふ、分かってるよ。ふぅん、これがさっきお姉ちゃんの処女を食い散らかしちゃった悪い子だね……お仕置きしちゃおっと！　はむっ！」

「くっ……！」

そう言うなり、ついさっきまで姉の中に入っていた肉棒を躊躇なく口の中に含むノエル。

彼女の可愛らしい口に肉棒が咥えこまれるのは、いつ見ても犯罪的な光景だった。

「あむっ、じゅるっ！　お兄さんの、いつもと違う味がするよぉ……んじゅるっ、じゅれろっ！」

「ノエルもいつもより積極的だなっ……くっ、うおっ！」

俺の腰を両手でガッシリつかみ、逃がさないようにしながら思い切り舌を動かしている。

温かい口内でよく動く舌に蹂躙され、瞬く間に興奮が強まってしまった。

「ノエルのフェラ、だんだん上手くなってるな！　もう簡単には辛抱できないぞ……っ！」

始めの頃はぎこちなかった彼女の奉仕も、今では驚くほど上達している。

元々、知識欲の強いノエルだから、興味があればとことん調べたり試したりして自分のものにしていく。

実際に試したことはないけど、もうテクニックは、話に聞く王都の娼婦並なんじゃないだろうか？

「あ、あのノエルが……いつの間にこんなに!?」

一方、隣でこの光景を見せつけられているタチアナさんは、ひたすら驚愕していた。

「ちょっと前までは仕事の手伝い以外は、ずっとモンスターのことを調べてたのに……」

「じゅぷっ、くちゅっ……お姉ちゃん、驚いた？」

「その慣れた様子だと、昨日今日始めたことじゃないでしょう？　まさか、妹が結婚する前からこんなことをしてるなんて……想像も出来なかったわ」

タチアナさんにとっては、セックスは子作りのための行為という考えが強かったのかもしれない。

積極的な妹の姿に、とても驚いている様子だった。

「お姉ちゃんもさっき、気持ち良くしてもらったでしょう？　なら、こうやってご奉仕してお礼しなきゃ。それに、お兄さんが……好きな人があたしとのエッチで気持ち良くなってくれるのも、嬉しいしね♪」

少し恥ずかしそうに頬を赤らめながらも、はっきりそう言ったノエル。

名実ともにパートナーとなった今でも、彼女から直接『好き』と言ってもらえると心が熱くなる。

「俺もノエルみたいな素敵なお嫁さんに、こうして奉仕してもらえて嬉しいよ。大好きだ！」

「ふふ、そうでしょう？　まだまだもっと気持ち良くしてあげるっ！」

ノエルは嬉しそうな表情をそのままに、再び肉棒を咥えこむ。

ただし、今度は先端だけ咥えて両手で竿の部分を擦り上げてきた。

「くっ、刺激が変わって……」

「はふっ、れろれろっ！　あたしの手と口、一緒に楽しませてあげるっ！　しゅっしゅって扱きながら……じゅずるるるるっ！」

「うおぉぉっ!?　ヤバッ……ぐぅぅっ！」

細い指で肉棒を扱き上げながら先端に吸いつかれ、思わず声が上がってしまう。

シーツを握りしめてなんとか耐えたけれど、立っていたら腰を抜かしてしまったかもしれない。

「い、いつの間にこんなテクニックを……」

「女の子の交友関係って意外と広いんだよ？　あたしにだってこういう相談が出来る友達の三人や四人、いるんだから……んむ、ちゅうっ♪」

俺が堪えきれずに声を上げたのを見て、心底嬉しそうな笑顔を見せるノエル。

こうしてストレートに感情を露にされると、こっちだって思いっきり抱いてしまいたくなる。

けれど、今はそれをグッと堪えて、ノエルの奉仕を楽しむことにした。

そのまましばらく手コキフェラを受けていると、ふとノエルが顔を上げてタチアナさんのほうを向いた。

「んむっ、るれろっ……お姉ちゃん、そこで見てるだけでいいの？」

「えっ？」

「さっきからこっちをじっと見てるじゃん。ひょっとしなくても、一緒にやりたいんじゃない？」

「なっ……わ、わたしはそんな……口でなんて、話にしか聞いたことがないのに……」

妹の誘いに、顔を赤くして目を反らすタチアナさん。

けれど、今日のノエルはいつもよりさらに遠慮がなかった。

「えー！　お姉ちゃんがご奉仕すれば、お兄さんきっと喜ぶと思うんだけどなぁ……そうでしょう？」

そう言いながら、上目遣いに何か含んだような笑みを浮かべたながら、問いかけてくるノエル。

彼女の意図を読み取った俺は、それに答える。

「……そうだね。正直に言うと、ちょっと期待してた部分もあるよ。でも、さすがに初めてのタチアナさんにお願いするのは気が引けたから」

「ッ!!　ジェイク君……ほんとなの？」

「はは……そうだよ、俺も男だから。好きな人に、あんなことやこんなことをしてもらいたいなー、なんて妄想はしたことあるし」

「そ、そうなのね……」

今までは自重していた……というように言うと、タチアナさんは迷っている様子だった。

もう一押しだと思った俺は、さらに言葉を続ける。

「でも、もしタチアナさんがしてくれるなら、夢が一つ叶っちゃうなぁ」

「だって。お姉ちゃん、どうする？」

そして、俺とノエルの誘いにタチアナさんがついに折れる。

「……きょ、今日は特別だから……恥ずかしいから、いつもはダメよ。でも、今日だけね？」

（よっしゃ！　ありがとう初夜、ありがとうノエル！）

羞恥で顔を赤くしながらもそう言うタチアナさんに、俺は内心でガッツポーズしていた。

「じゃあお姉ちゃん、こっちきて。あたしがやり方を教えてあげるよ」

「ええ、お願いねノエル。下手にして、傷つけちゃうと怖いし……」

そんな会話をしながらも、妹が少し横にずれて空いたスペースにタチアナさんがやってくる。

彼女も乱れてしまった服を脱いでいるから、一糸纏わぬ姿の美人姉妹が今、俺の股間に顔を向けて四つん這いでしゃがんでいた。

「……ごくっ」

今まで考えられなかった桃源郷のような光景に、喉を鳴らしてしまう。

「お兄さん、期待してるねぇ……じゃあお姉ちゃん、始めようか？」

「う、うん」

「まずは舌を出してペロペロしてみようか。飴を舐めるみたいにだよ」

「分かったわ。でも、改めて見るとほんとに大きい……これがさっきまでわたしの中に入っていたなんて……」

間近で勃起した肉棒を見て、少し緊張している様子のタチアナさん。

けれど、いつまでもぼんやりしていられないと思ったのか行動を開始する。

まず、ノエルに言われたとおり舌を出して肉棒に触れた。

「んっ……ペロ、ペロッ……」

「そうそう、そんな感じ！　どんどんいろんなところを舐めてみて？　慣れてきたらキスするみたいに唇を押しつけたり、ちゅうちゅう吸いついたりするの」

「ペロ、ペロペロ……んっ、ちゅうっ！　はうっ、すごくビクビクしてるっ！」

「お兄さん、お姉ちゃんのご奉仕が気持ちいいって喜んでるよ。もっとエッチにご奉仕しちゃお？」

「ええ、わたしも感じて貰えて嬉しいわ……んちゅっ、れろっ……ペロッ、ちゅっ、ちゅちゅっ！」

だんだん慣れてきたのか。舌での愛撫とキスにより奉仕を続けるタチアナさん。俺は実際に奉仕してくれている彼女を見下ろして、今にも天に昇ってしまうかという幸福感を得ていた。

（あぁ、あのタチアナさんがほんとに俺のちんこを舐めてる……。幸せと気持ち良さで、頭が爆発しそうだっ！）

タチアナさんに奉仕の指導をしているのが、実の妹であるノエルだというのも、背徳感が強まる理由だった。

あの真面目のタチアナさんが、妹に教えられてどんどんエロテクニックを覚えていくというのは、かなり征服欲を刺激される。

そうこうしている内に、タチアナさんの奉仕もさらに激しくなってきた。

「ちゅっ、んっ……はもぉっ！」

「うわぁ、とうとうおちんちんパクッと咥えちゃったねぇ……」

「んむっ、れろっ……じゅるるっ、じゅぷっ！　はぁっ、はぁっ……」

一度は肉棒を咥えたものの、やはし少し苦しかったのか吐き出してしまうタチアナさん。

けれど、彼女の目は完全に情欲に染まっていて、目の前に肉棒に夢中になっているのが分かった。

「ふふっ♪　お姉ちゃん、エッチな目になってるね。フェラすると口の中も鼻の奥も、視界も目の前の男の人でいっぱいになっちゃうでしょ？」

「はぁっ、ふうぅっ……ほんとにそう、目の前がジェイク君でいっぱいになっちゃうっ……んむ、ちゅうううううっ！」

興奮で息を乱し始めた彼女は、再び肉棒へ顔を近づける。

咥えこそしなかったが、肉棒へさっきより何倍も熱烈なキスをしてきた。

「あぁ、見てたらあたしも我慢できなくなっちゃった……」

「あっ、おい……ぐっ！」

ノエルが、目に怪しい光を灯しながら近づいてくる。

タチアナさんに奉仕されているので逃れられない俺は、ノエルのされるがままだった。

それをよいことに、彼女はタチアナさんと同じくらい顔を近づけている。

「んはぁっ……お姉ちゃんの唾液とお兄さんの先走りで、すっごく濃い匂いがする……頭がクラクラしちゃいそうだよっ」

「んちゅっ、ちゅううぅっ……ぷはっ！　ノエルもするの？」

「うん、一緒にお兄さんを気持ちよくしてあげようよ、お姉ちゃん！」

ノエルの言葉にタチアナさんが頷くと、今度はふたり揃って舌を突き出し奉仕し始めた。

「んちゅっ、れろれろっ！　はむちゅっ、じゅるっ！」

「はふっ、ペロペロッ、ぢゅううううっ！　じゅるんっ、じゅれろっ！」

「ぐぅ!?　待てっ、ふたりとも勢いが……っ!!」

彼女たちは奉仕を再開してから、少しも容赦しなかった。

ノエルはもちろん、タチアナさんも身につけたテクニックを存分に使って肉棒を舐め上げてくる。

「あはっ、どんどんビクビクが激しくなってくよお兄さん！　もう我慢できないかな？」

「ジェイク君、もっと気持ち良くなって！　わたしのご奉仕でたくさん感じてほしいのっ！」

雰囲気こそ違えど、似た顔立ちの姉妹が揃って肉棒を舐めている光景は一生忘れられないだろう。

それに実の姉妹だから、Wフェラをするのは初めてのはずなのに妙に息が合っている。

竿を一緒に舐め上げたり、先端を交互に咥えたり。

そうして奉仕されていると、瞬く間に興奮が頂点まで高まってしまう。

「くっ、ぐっ……出すぞっ、ふたりともっ！」

押さえられない射精欲を感じてそう言うと、ふたりは揃って笑みを浮かべた。

「んじゅぅぅっ！　いいよ、お兄さんの精液いっぱい飲ませてっ！」

「ノエルと一緒に受け止めるからっ！　全部わたしたちに出してっ、ジェイク君っ！」

次の瞬間、白濁した欲望は堰を切ってあふれ出した。

肉棒が快感に震え、びゅうびゅうと鈴口から精液をまき散らす。

「ひゃんっ♪　はむっ、じゅるるるるるっ！　ちゅっ、ちゅううううっ！」

「きゃあぁぁっ!?　熱っ、すごい勢いっ……んっ、ちゅっ、ちゅうちゅうっ！」

ノエルは、間近で射精を受けても慣れた様子で口の中で受け止める。

一方のタチアナさんも、最初は驚いたけれどさすが優等生。すぐにノエルの真似をして欲望を受け止めてくれた。

「ん、んむぅっ……はぁ！　すっごい濃い、今までで一番出たんじゃない？」

「はぁはぁ……んくっ！　熱くて濃くてねばっこくて、なかなか飲み込めないわ……」

ずっと舐めっぱなしだったからか、さすがに息を大きく乱しているふたり。

特にタチアナさんは、受け止めそこなったのか口周りに若干白い汚れがついていて、それがまたエロかった。

今射精したばかりだというのに、また欲望がクツクツと湧き始めそうだ。

そんな姉に、余裕たっぷりなノエルが話しかける。

「どうだったお姉ちゃん、初めてのご奉仕は？」

「うん、そうね……すごくエッチだったわ……」

一度行為が終わって、落ち着きを取り戻したタチアナさんは羞恥に顔を赤くしていた。

それでも目を反らしたりしないのは、今回で少し慣れたからだろうか。

それとも熟達したテクニックを持つ妹に負けたくないと、対抗心が宿ったからだろうか。

何にしても、俺にとってはタチアナさんがセックスに慣れてくれれば嬉しい限りだ。

どうせ子作りをするなら、義務的ではなく互いに気持ち良くしたい。

けれど、そんな考えは悠長なものだったと、すぐに思い知らされることになる。

「ねえ、お兄さん……」

「なんだ？」

二度目の射精で少しボーっとしていた頭を振って、ノエルのほうを向く。

すると、彼女は前のめりになって俺の耳元に顔を近づけた。

「あたし、お兄さんのおちんちん舐めて我慢できなくなっちゃったの。これからエッチしよ？　いっそのこと……今日赤ちゃんを仕込んでくれてもいいんだよ？」

「っ！　ノエル、お前……」

自分より年下とは思えないほど淫靡な声音。その誘惑の言葉に、背筋がゾクゾクする。

さらにノエルは体を近づけ、その豊満な胸を俺の胸板に押しつけてきた。興奮で汗をかいているから、いつもよりしっとりした肌が俺の肌に張りつき、興奮をさらに加速させる。

「ねっ！　一緒に気持ち良くなるの。いいでしょう？」

追い打ちをかけるようにそう言われ、俺は考える間もなく頷いていた。

「ふふっ、やったー！　……って、うわっ!?」

ところが、嬉しそうに笑みを浮かべたノエルが一瞬で視界から消えた。

タチアナさんが彼女の腕を掴んで、引き戻していたからだ。

「ちょっとノエル！　ジェイク君、今日はもう疲れているんじゃない？　男の人って一度出すだけでも体力を消耗するって聞くし……」

「ええー！　お姉ちゃんは、お兄さんの絶倫っぷりをしらないんだよ！」

「ぜっ、ぜつっ……とにかく！　今日はもう……」

あえて切り上げようとしている彼女を俺は制止した。

「タチアナさん、俺なら大丈夫だよ。それに、ノエルにとっても今日は初夜なんだから、このまま終わりじゃつまらないよな」

その言葉を聞いた少女は満面の笑みになる。

「さすがあたしの旦那さん、大好きだよっ♪」

そう言って再び抱きついてくるノエルに苦笑いする。

「けど、タチアナさんがいる前でノエルを抱くっていうのも落ち着かない。どうせなら、ふたり一緒にどうだ？」

俺の言葉に今度は姉妹が顔を見合わせた。

「ふたり一緒にって……ジェイク君、本気なの？」

「あぁ、お兄さんなら出来ちゃうかも……どうするお姉ちゃん？　あたしはちょっと興味あるなぁ。さっき自分だけ、ふたりのエッチに聞き耳たててた引け目もあるし」

「うぅん……ノエルがそこまで言うなら……」

タチアナさんは頷いた。

「ふたりして俺を受け入れてくれて嬉しいよ。じゃあ、こっちに来て並んで四つん這いになってくれるか？」

ノエルは意気揚々と、タチアナさんはまだ少し緊張しながら俺の言葉に従う。

「お兄さん、これでいいかな？」

「うぅ……やっぱり少し恥ずかしいわ……」

俺の目の前に、美人姉妹の染み一つない綺麗なお尻が並んで現れる。

右にタチアナさん、左にノエルの順番だ。

「おぉ……最高だっ！」

並んでフェラされるのもかなり破壊力があったけれど、お尻もすごい。

何よりふたりとも、下着さえ身につけていないから、可愛らしいお尻の穴やその下の濡れた秘部まで丸見えた。ふたりが揃って俺に無防備な姿を晒してくれているのには、嬉しさしかない。

当然、体だって興奮してくるし、さっき吐き出したはずの欲望も再充填されていた。

「ふたりとも、思いっきり気持ち良くしてやる……」

興奮で呼吸を荒くしながら、俺は彼女たちの後ろについた。

「あっ……お兄さん……最初はどっちかなお姉ちゃん？」

「そんなの分からないわよ……うぅっ！」

期待百パーセントのノエルと、期待と不安の入り混じったタチアナさん。

俺はそんなふたりの秘部へ、それぞれ手をのばしていく。

「あう……ジェイク君の手にお尻掴まれちゃってる……」

「あはは、お兄さんすっごくエッチな手つき……そんなに気持ちいい？」

「ああ、最高だよ……両手が蕩けそうだ……」

わがままにも、姉妹の豊満なお尻を両手で一緒に味わう。

おっぱいもいいけれど、こっちもしっかりした弾力があって揉み応えも感触も抜群だ。

さわさわと撫でたり、指が沈むほどギュッと鷲掴みにしたり、愛撫を重ねていくとふたりの息もだんだん荒くなってきた。

そこで、今度は秘部に狙いを定めて指を挿入していく。

「きゃっ、やぁっ……ああんっ！　待って……ああっ……中に入ってくるっ！」

「んんっ！　こっちにも……あっ……ひうっ……お兄さんの指がぁ……」

彼女たちの中は思ったよりも濡れていた。

さっきのフェラとお尻への愛撫で、興奮が高まっていたかな？

「ふたりの中、とっても熱くなってるよ。気持ちよくなってるかな？」

「ううっ……ノエルの隣なのに、我慢できないっ……！」

「あんっ、ひゃふっ！　はぁはぁ……お兄さん、もう欲しいよう……」

ふたりとも気持ち良さそうな表情でお尻を震わせていて、挿入の準備万端という感じだ。

どちらも捨てがたいけれど、俺は待ち遠しそうにお尻を揺らしている少女のほうに狙いをつけた。

「うふふ、どっちかな？　もしかして焦らされちゃったりっ、いいぃいぃいぃいっ!?」

「ノ、ノエルッ!?」

余裕の表情だった妹が、急に絶叫してタチアナさんが驚きの声を上げた。

その間にも俺の肉棒はノエルの膣内に突き立ち、奥へ進んでいく。

「ひゅっ！　あぅぅっ！　予告なしでいきなり挿入ぅっ!?　こんなのっ、卑怯だよぉ！」

「あんだけ煽ってて油断してるほうが悪い。そらっ！」

ガッシリとノエルの腰を掴み、最奥まで一気に挿入した。いきなりの挿入に膣内は驚いたようにピクピク痙攣しているが、期待でたっぷり濡れていた内部は、肉棒を容易く受けれ入れてくれる。

「あうっ、うぅぅぅっ！　奥までぶっといのが入ってくるよぉっ！」

「ノエルの中は狭いな……くっ、最近してなかったせいか？」

ここ最近は、料理コンテストやら結婚に関するあれこれで忙しかった。

こうやってノエルと体を交わらせるのは、何日ぶりだろうか？

「はぁ、はぁっ！　でも、お兄さんのはちゃんと全部入るよっ！」

「そうだな、全部受け入れてくれる……凄く気持ちいいよ」

少し前まではあやふやな関係だったけれど、今はれっきとしたお嫁さんだ。

その前提がある上で愛情を向け合うと、また興奮度合いも変わってくる。

「ノエル、動かすぞ」

「うん、きてっ……ひぃっ！　きゃうっ、ああんっ！　ひぁっ、きゅううぅぅぅぅっ!!」

遠慮なく、思いっきり腰を打ちつける。さっきのタチアナさんとのセックスでは晴らしきれなかった獣欲を振り向け、膣内を蹂躙するように腰を動かした。

「ひぎゅっ、あぅんっ！　すごいよっ、いきなりはげしっ……んひぃぃぃっ！　もっと、もっと強く抱いてえぇぇぇぇぇっ!!」

ノエルの求めるとおり、お尻が赤くなってしまうほど何度も何度も腰を打ちつける。

その度に彼女の口が開いて嬌声が押し出された。

「あうっ、ああっ！　そこっ、気持ちいいっ♪　ひゃっ!?　んくっ、はひゅぅぅっ！」

強く突けばそれだけ甲高く長い嬌声が。

軽く突けば鼻にかかったような甘い嬌声が。

どれも男の興奮を最高潮まで煽るのに最適な声音だった。

「……あのノエルが、こんなに……」

すぐ隣では、ノエルの実の姉がこの光景を呆然と見ていた。

それに気づいた俺は、一旦ノエルの中から肉棒を引き抜く。

「あっ、やぁっ！　お兄さん、出てっちゃいやっ！」

「またすぐに戻ってくるよ」

悩ましい声を上げる彼女をなだめると、妹の愛液でたっぷり濡れた肉棒を姉に突きつける。

「あ、あの、ジェイク君？　わたし、まだ慣れてないから優しく……」

タチアナさんの声は、首元にナイフを突きつけられたみたいに震えていた。

けれど、その震えには恐れだけじゃなく期待も混じっていることを俺は知っている。

「大丈夫、ゆっくりやるよ……入れるときだけはねっ！」

「あっ、あうっ……くぅっ！　奥までっ、ぜんぶっ、ジェイク君のがぁっ……！」

あうあう、ひいひい、と入れるだけで早くも息が絶え絶えになってしまうタチアナさん。

さっきのセックスでそれなりに中が広がったからか、ある程度ほぐれていて、なんとか挿入できたけれど、まだ未開発な場所のほうが多い膣内は常時キツくて肉棒を締めつけてくる。

「これじゃ動くのも一苦労だな……でも、宣言どおり手加減はしないよ」

「ジェイク君、別に無理しなくていいのよ？　ゆっくりでも……ひゃうんっ！」

タチアナさんの言葉が終わる前に、腰を僅かに動かす。

まだ膣内への刺激に慣れていない彼女は、これだけでも声を上げた。

「やっ、もう少しゆっくり……ひきゃぁぁっ！」

彼女の声を聴いても腰の動きは止めず、一定のペースで前後させる。

確かにキツいけれど、まったく動けないほどじゃないからだ。

それに、こうして動いている内にタチアナさんの体もどんどんほぐれてくる。

「腰の、ジェイク君の動きが速くなってるっ……ぁんっ、きゅふっ……んくぅぅ!!」

少しするとだいぶ動きやすくなったけれど、その分タチアナさんも感じやすくなったのか、能動的な締めつけが増えてきた。

腰を動かしているときに締めつけられると、思わず止まってしまいそうになる。

「タチアナさんの中、どんどん具合がよくなってるよ！　根元までハマって、ほんとに最高だっ！」

締めつけ具合はノエルより弱いけれど、奥行きがあって俺のものでも楽々受け止めてくれる。

腰とお尻を隙間なくぴったり押しつけ、その次にゆっくり引き抜く。

「あっ、ひうっ！　そんなに大きく動かさないでっ！　か、感じやすくなってるから……くぅっ！」

犯されているタチアナさんが、歯を食いしばって快感に耐えようとしている。

けれど、そんな努力を無にしてしまうほど、今回の快感は強い。

そのままリズムよく腰を動かしているとタチアナさんにも限界がきた。

「いやっ、ダメなのっ！　ノエルの前なのにっ、気持ち良くなっちゃうぅぅっ！」

妹の前でなんとか保とうとしていた姉の威厳が崩壊し、快楽に表情を蕩けさせる。

寝室に気持ちよさそうな声が響き、膣内がぎゅうぎゅう締めつけてきた。

「きっ、気持ち良くなるの止まらないのっ！　ひうっ、ひゃっ、あぁぁんっ!!」

肉棒を挿入されるたびに嬌声を漏らし、背筋を震わせるタチアナさん。

その姿がとてもエロくて、俺もますます興奮してしまった。

「ほんとにっ、姉妹揃ってエロすぎだろっ！　くぅっ……もっと、もっと犯してやるっ！　タチアナさんもノエルも、おかしくなるほどイかせてやるっ！」

ふたりの痴態に限界まで犯してやると決意した俺は、彼女たちを交互に犯していく。

「あうっ、またお兄さんのおちんちんきたっ……きゅうっ、あんっ！」

「んぐっ、はぁんっ！　わたしの弱いところっ、奥ばっかりぃっ！　はひっ、きゅうっ！」

姉へ妹へ、それぞれ容赦なく肉棒を打ち込んでいく。

そんな中、僅かに思考力を取り戻したノエルが隣の姉に話しかける。

「はぁはぁっ……お姉ちゃん、凄い顔してるよ？　トロットロで、今まで見たことないくらい可愛い顔だよ♪」

「ッ!?　やめてっ、見ないでノエル！　お願いだから、わたしの情けないところ見ないでよぉ……！」

話しかけられたタチアナさんは驚き、自分が今どんな状況なのか再認識してしまった。

ベッドの上で四つん這いになり、妹と一緒に犯されて、気持ちいい顔を晒しているのを見られてしまっている。真面目な彼女にとっては、これ以上ない羞恥だろう。

「でもぉ……感じてるお姉ちゃんの顔すごくエッチだよ？　んっ、はぁっ……もったいないから、お兄さんにも見せたいなっ！」

「そ、それはもっとダメなのっ！　絶対、絶対やめてっ！」

「どうして？　今のお兄さんはもう他人じゃなくて家族、旦那様だよ？」

「だ、だからでしょう!?　こんな緩んじゃった顔、見せたくないの……んぎゅ、はうぅぅっ!!」

言葉が終わるとともに奥を突いてあげると、またもや可愛らしい嬌声を上げるタチアナさん。

俺はそれを聞きながら体を前に倒し、体に覆いかぶさるような形になった。

「あっ……ジェイク君？」

「俺はタチアナさんのエッチな顔を見たいけどなぁ……幻滅なんてしないよ」

「で、でもぉ……！」

やはり恥ずかしいのか、目を合わせてくれそうにない。

そんなとき、ノエルが俺の肩を突っついてきた。

「お兄さん、キスしてほしいなっ」

快感で気持ちよさそうに目をとろんとさせながら、求めてくるノエル。

断るなんて選択肢はなかった。

「もちろんだよノエル。タチアナさんに見せつけてやろう……ん」

「やった♪　んむっ、ちゅううっ！　れろっ、くちゅっ……ちゅれろっ♪」

唇を押しつけ合うと積極的に舌を出し、俺の舌に絡ませようとしてくる。

俺もそれに応え、自分からよりディープなキスへもつれこんでいった。

「あぁ、こんな、目の前で……んっ！」

一方のタチアナさんは、俺とノエルのディープキスに視線が釘付けになっていた。

しかも、キスの為に少し体を動かすだけで、タチアナさんの中に入っている肉棒が擦れる。

そのたびに彼女の口からは、押し殺したような悲鳴が漏れた。

「あっ、いやぁっ、また聞かれちゃっ……」

「そんなに恥ずかしがらないで。タチアナさんの声、すごく綺麗だしエッチだよ」

「だから、あんまり聞かせたくないのにっ……」

「んはっ……お姉ちゃん、いつまでも恥ずかしがってないで、一緒に気持ち良くなろう？」

業を煮やしたノエルがタチアナさんに近づいた。

「ノエル？　あなた何を……んんっ!?」

そして、彼女はそのままタチアナさんの唇を奪った。

「ちゅうっ、れろっ！　ほらっ、あたしだけじゃなく、お兄さんのキスの味もするでしょ？」

「そ、そんなのわからないわよ……あんっ！　んくっ、はぁっ！」

タチアナさんは驚いた表情を見せたけれど、ノエルは容赦がない。

逃げようとする彼女の顔を押さえ、キスを続ける。

「あうっ、んむぅぅっ！　はっ、はっ！　ダメよ、姉妹でキスなんて！」

「そんなこと言って、お姉ちゃんだって興奮してるくせに……顔、赤くなってるよ？」

「えっ!?　こ、これは元から……」

慌てて弁明するタチアナさんに、ノエルが苦笑した。

「くふふっ、お兄さんとのエッチが気持ち良かったから？　なら仕方ないね」

「うっ……もうっ！　いつの間にこんなにいじわるな子になったのかしら……」

「うーん、お兄さんと出会ってから少し大胆になったかな？　でも、それを言うならお姉ちゃんもお嫁さんになってから一気に女の子らしくなったよね」

そう言えば結婚を決めてからは、以前よりも笑顔を見せるようになった気がする。

一緒にいる時間が長いからっていうのもあるだろうけど、やっぱり家族になったたっていう安心感があるからだろうか。

「もう全部さらけ出しちゃいなよ、お姉ちゃん。あたしも一緒に気持ち良くなるからぁ」

「ノエル……んっ、あんっ！　ジェイク君も、また動かしちゃっ……んぅぅっ！」

「俺だってもう我慢出来ないよタチアナさん！　三人で一緒に気持ち良くなろう！」

せっかく全員揃っているのに、全力で楽しめないなんて寂しいじゃないか。

そう言った気持ちを込めて言うと、彼女もようやく頷いた。

「うん、そうね……でも、ほんとに幻滅しない？」

「それこそ、ノエル以上に乱れたって大丈夫だよ」

そう言いながら、俺は片手で空いているノエルのアソコを愛撫する。

「やっ、今度は指なのっ⁉　あっ、でも、これも気持ちいいようっ！　ひゃうっ、んあぁぁっ‼」

指を二本纏めて膣内へ挿入し、内側を擦り刺激する。肉棒で開拓された膣内に指では物足りないかもしれないけれど、代わりに内部で二本を交互に動かす。

「いひゅうっ⁉　なにこれっ、あたしの中があっちもこっちも刺激さてるぅぅっ！　お兄さんの指、気持ちいいっ、もっとぉ♪」

愛液をダラダラ垂らしながら求めてくるノエルに、俺は全力で応えた。

「お腹も背中も、右も左も全部擦ってやるからなっ！　体の中、全部で気持ち良くなれっ！」

「ひぃぃ！　そこっ、気持ちいいっ……あぁぁっ⁉　気持ち良すぎて腰震えるううううっ‼」

漏れ出た愛液が足をつたい、シーツを汚すほどに感じているノエル。

その様子を満足気に見ながら、タチアナさんにも思い切り腰を打ちつける。

「んくっ、はぁんっ！　はっ、はうっ、んうぅぅっ！」

「ほらっ、タチアナさんももっと気持ち良くなって！　感じてるところ、全部突き上げてやるっ！」

「いうっ、ひぃぃっ⁉　なんでそこ気持ちいいって分かるのっ⁉　ああダメッ、もう無理っ、我慢できないぃぃぃっ‼」

能力でSSSな感覚でふたりの感じるポイントを探し出し、重点的に責める。

部屋の中には嬌声と体同士がぶつかる乾いた音、それに濡れた膣内をかき回す水音が充満した。

途中でまたノエルを犯したり、あえてふたり一緒に指で愛撫してみたり。

彼女たちの快感を着実に高めていった。

もうノエルはもちろんタチアナさんも、冷静さを保ててはいない。

「きっ、気持ち良すぎてあたまグルグルってなるっ！　イクッ、もうイっちゃうのっ！」

「ああっ、ノエルゥッ……わたしもイっちゃうのっ！　あっ、うぅぅっ！」

ふたりの興奮が最高潮に達しているのが、手に取るように分かった。指先や肉棒からは、膣内が断続的に締めつけてきているのが伝わってくる。今にもイってしまいそうだ。

「最後は、俺がイかせてやる……！」

俺はふたりの腰を掴み、思いっきり激しくラストスパートをかけた。

まずはタチアナさんだ。奥まで肉棒を潜り込ませ、ゴリッと子宮口を突き上げる。

「ひゃあああぁぁあぁぁっ!?　ダメッ、ジェイク君ダメエェエェェッ!!　それ以上は壊れちゃうのっ！あぎゅううっ!?　イクッ、イックウウウゥゥゥゥゥッ！！！」

「ぐっ、タチアナさんっ……！」

絶頂の瞬間、強烈に締めつけてきた膣内に向けて射精した。ドクドクとあふれ出した精液が彼女の中を満たしていく余韻を楽しむ暇もなく、今度はノエルのほうに挿入する。

「ノエルもっ、一緒にイかせてやるっ!!」

「きゃうっ、ひぃぃぃんっ！　しゃ、射精中のおちんちんで突かれてるぅぅっ!?　らめっ、奥こじ開けないでぇっ！　ぜんぶ、子宮に入っちゃうっ！　ひぃっ、ひゃあああぁぁぁあぁぁぁっっ！！！」

姉妹の体が深い絶頂に震えた。

「あうっ、あぁっ……イクッ、まだイってるっ……」

「ひぃっ、んきゅっ！　はぁっ、お兄さんの子種でお腹いっぱいぃぃぃ」

ふたりはしばらくそのまま快感を味わっていたけれど、やがて力尽きたのか、うつ伏せにベッドへ横になった。俺もさすがに息が乱れ、その場に腰を下ろす。

「はぁっ、ふぅぅ……ふたり相手に頑張るのは、さすがに厳しいものがあったかな……」

一度啖呵を切ってしまった以上、精一杯頑張ったけれど、もう足腰が動かない。

しばらくは休まないと再起動できそうになかったけれど、それはふたりも同じらしい。

「はぁ、はぁっ……わたし、もう動けないわ……ほんと、思いっきりやってくれたわね、ジェイク君……」

「あはは、でもふたり一緒に満足させるって約束は守ってくれたよね。お兄さん、あたしたち動けないから、ちょっとこっちにきてくれる？」

「ああ、わかった」

といっても、俺もほぼ体を引きずりながらだけど、彼女たちの枕元まで移動する。

そこに腰を下ろすと、すかさずノエルが股間に顔を近づけてきた。

「あむっ、ちゅううっ……頑張ってくれたからお礼にお掃除フェラ、してあげるね♪　ほら、お姉ちゃんも！」

「わ、わたしも……？」

少し驚いた表情をしたけれど、俺が期待する目線を向けると顔を赤くして頷いた。

「そうね、わたしもお世話になったし、ノエルだけに任せておけないもの……でも、恥ずかしいからあんまりジッと見ないでね？」

妹と同じように股間に顔を寄せ、一回りほど小さくなった肉棒に舌を這わせる。

「うぅ……何度見ても天国みたいだな……」

美人姉妹のお掃除奉仕を受け、まさに夢心地だ。

少し前までは考えもしなかった楽園がここにある。これから、彼女たちとこの家庭を守るために全力を尽くそう。そのために必要なら、自分の能力が公になったって構いやしない。

そんなふうに思えるほど、今の俺は幸せに満ちている。

「んむっ、ちゅっ……これで綺麗になったね！　でも、さすがにもうしばらくお休みかな？」

「わたしはもう、十分満足したんだけれど……」

「いや、今夜は朝まで寝かせないよ。ノエルもタチアナさんも、限界まで愛したい」

「あはは っ、困った旦那さんを持っちゃったねお姉ちゃん？」

そう言うと、ふたりも揃って顔を赤くした。

「……わたし、明日ちゃんと起きられるかしら」

そんな和やかな会話を挟みつつ、俺と姉妹の初夜は更けていくのだった。

第三章　女騎士の来訪

あの運命のコンテストから、二ヶ月近くが経っていた。

新しく始まった三人での生活は、非常に順調だ。

朝起きると台所には既にタチアナさんがいて、朝食の準備をしている。

俺はまだ寝ているノエルを起こして三人一緒にご飯を食べ、その後は仕事だ。

夕方も、家に帰るとタチアナさんが夕食を作ってくれているけれど、三日に一度は俺が料理当番をすることにした。

タチアナさんもノエルも、俺が料理を作ると喜んでくれるのでやりがいは大きい。

そして、夕飯を終えて夜も更けると、そのままベッドへ。

美人姉妹それぞれを相手に、時には三人一緒に情交にふけることもある。

けれど、今日は生憎と外せない用事が入っていた。

「よしっ、これで十七体目だ！　うりゃああああっ！」

掛け声とともに、目の前のモンスターを殴り飛ばす。

今夜の相手は、実態を持たないゴーストの群れだった。

魔法の炎を纏わせた拳が直撃すると、金切り声を上げながら霧散していく。

「ふぅ、これで最後か。もうこの辺りに危険なモンスターはいないな」

一息ついて拳を休めていると、少し離れた場所で身を隠していたノエルが出てきた。

「やったねお兄さん、今回も全部一撃だったよ！」

「いや、ノエルが弱点を教えてくれなきゃ、もう少し時間が掛かってたよ」

ゴースト系のモンスターは物理攻撃に完全な耐性を持っているが、特定の属性魔法に対しては虚弱。そして、俺が今戦っていたフロストゴーストは炎属性の魔法が弱点だったらしい。

「いやいや、お兄さんの手際がよかったからだよ。あっという間に二十体のモンスターを倒しちゃうんだもん！」

相変わらず、モンスター退治についてくるときのノエルは楽しそうだ。

知識欲を刺激されるのか、猛烈な勢いで手元のノートにメモしている。

それから、周囲の討伐が終わったことを確認し、俺は彼女を連れて家に帰った。

「ただいま」

「ただいまぁー」

中に入ると、明かりのついたリビングでタチアナさんが服を縫っていた。

「お帰りなさい、ふたりとも。怪我はないみたいでよかったわ」

俺たちに気づいた彼女は、そう言って出迎えてくれる。

三人で暮らすようになってから、タチアナさんにも俺の秘密の仕事を打ち明けた。

とはいっても、心配させないよう脚色を混ぜているので、畑を荒らす小型モンスターを追い払っているとしか思っていないだろう。

いくら理知的なタチアナさん相手でも、俺がS級冒険者でも危険なモンスターを撃退しているなんて言ったら、さすがに正気を疑われる。あれは現場を見たノエルだからこそ信じられたんだ。

「ふぁぁ、眠い……あたし、もう寝るね。お休み」

そのノエルも、すっかり眠気に襲われてダウン寸前のようだ。

森の中ではしゃぎながら、ノートに記録を綴っていた反動かもしれない。子供みたいだな。

「もう……お腹出さないように寝なさいね！」

そんな彼女に、まるでお母さんのように忠告するタチアナさん。

夫ひとりに妻ふたりというより、夫婦一組に子供ひとりって言ったほうが合ってそうだな。

「ジェイク君はどうする？　一応ベッドと着替えの用意はしてあるわ」

「ありがとうタチアナさん。でも、もう少しここでゆっくりさせてもらおうかな」

「じゃあ、お茶を淹れてくるから待ってて」

ソファーにどっかりと腰を下ろすと、すぐにタチアナさんが飲み物を持ってきてくれた。

それで喉を潤し、ようやく一息つく。

「はぁ、癒される……」

ため息と共にそんな言葉が漏れると、タチアナさんが柔らかい笑みを浮かべた。

「そう言ってもらえるとわたしも嬉しいわ。ところで、最近は夜の見回りが増えたわね？」

「ああ、うん。ちょっと最近騒がしいな……でも大丈夫、大したものは出てきてないし」

「本当？　小さいモンスターならジェイク君でも大丈夫かもしれないけど……。大型モンスターが出てきたら、ちゃんと冒険者の人たちに退治してもらわないと」

「そうだね、危ないことはしないよ」

実を言えば、毎回村の冒険者では手に負えないレベルのモンスターを相手にしているんだけれど、それは秘密だった。

しかし、最近そういった高レベルのモンスターの襲来が増えているのは事実だ。

以前は一ヶ月に一回とか、多くても二週間に一回のレベルだったのに、もう今月だけで五回もモンスターを排除している。幸い特に強い相手はいないけれど、それでも村に入ってこられたら壊滅は間違いない。気は抜けなかった。

「……ジェイク君、ちょっとこっちにきてくれるかしら？」

「え？　ああ……」

突然のことによく分からなかったものの、言われるがままにタチアナさんの隣に移動する。

「そうそう、そのままね。じゃあ、ちょっと恥ずかしいけれど……えいっ！」

直後、突然彼女は俺の膝の上に乗っかってきた。

「う、うわっ！　タチアナさん、急に何を!?」

驚く俺に構わず、タチアナさんは軽く足を開いて対面になるように腰を落ち着ける。

俺とタチアナさんはノエルほど身長差がないので、腰掛けているぶん座高が上がって、視界の下半分が豊かな爆乳に支配されてしまった。

そして、残る上半分に見えるタチアナさんの顔は少し赤くなりつつも悪戯っぽい笑みを浮かべている。いつもの冷静な表情とはギャップがあるけど、ノエルが同じような顔をしたときとそっくりだ。性格はいろいろ似ていないところがあるけど、改めて姉妹なんだなって思った。

「今ごろはノエルは寝室でぐっすりだろうから、隣でバタバタしちゃ悪いかなって思って……」

「タチアナさんから誘うなんて、珍しいですね」

「……忙しいジェイク君を癒してあげられればと思ったんだけど、今日は疲れてるかしら？」

少し伏し目がちになってそう言う彼女に、俺は慌てて首を横に振った。

「いやいや、そんなことないよ！　タチアナさんから誘ってくれるなんて、いつだって大歓迎だ」

そう言って、歓迎するように彼女の腰に手を回す。

「本当？　嬉しいわ。こうするの、ちょっと恥ずかしかったの。でも、喜んでもらえるなら頑張るわねっ」

彼女はそのまま俺の首に手を回して、キスしてきた。

「んっ……ちゅっ、ちゅうっ……れろっ」

「んむっ……タチアナさんもすっかりエッチするのに慣れてきたよね」

「そう言われると恥ずかしいけど、否定できないわね」

苦笑しながらも、彼女はゆっくりキスを続ける。

そうしながらも互いに手は動き、相手の服を脱がせ始めていた。

対面座位の状態だから全部は無理だけれど、重要な部分……胸や下半身は服をズリ下ろしたり、たくし上げたりで相手の前にさらけ出す。

「あっ……ジェイク君、もう硬くなってる……」

「さっきから大きなおっぱいを押しつけてくるから……それに、タチアナさんだって乳首が硬く膨れてるじゃないか」

俺の顔が挟めてしまうんじゃないかというほど、大きな乳房。

その頂点にある乳首は、露(あらわ)になったときからすでに硬くなっていた。

目には見えないが、下半身のほうもそれなりに湿っている雰囲気がする。

「タチアナさん、もう興奮してる？」

「えっ？　う、うん……キスしてるだけで気分が高まっちゃって……」

「……可愛いな」

少し照れているような表情の愛妻を見て、思わず口走ってしまう。

「ッ！　きょ、今日はわたしが頑張るのよ！　いつもジェイク君にやられてばかりだから、お返しなのっ」

「なるほど、じゃあ俺は大人しくしておかないと。でも、手持ち無沙汰だとどうしても動きたくなっちゃうから……」

俺は両手を動かし、剥き出しの爆乳を正面から鷲掴みにした。

「ひゃうっ!?」

「この大きなおっぱいだけ、弄らせてもらうね」

「あう……もう、仕方ないわね……」

彼女は苦笑いしつつも、お返しとばかりに俺の肉棒へ手を伸ばした。

白魚のような美しい指が肉棒に絡みつき、やがて完全に握り込む。

そして、タチアナさんはそのまま上下に動かし、扱き始めた。

「うおっ……」

「んっ！　はぁっ、おっぱい掴む力が強くなってる……気持ちいいのかしら？」

「ああっ、気持ちぃい……最高だっ！」

金髪美女に手コキされながら、その爆乳を鷲掴みにする。

しかも、対面座位の至近距離だから、彼女の興奮した表情やもじもじと動く太もも、体臭すらも容易に感じられてしまった。興奮は一気に高まり、タチアナさんの綺麗な手が先走りで汚れていく。

「うわ、すぐにドロドロに……ジェイク君、こんなに興奮してくれているのね？」

嬉しそうな笑みを浮かべた彼女は、さらに手の動きを激しくしていく。

滑りのよくなった手で激しく擦り上げられると、一気に我慢できないほどの快感が生み出された。

「タ、タチアナさんっ……ヤバいっ……」

「あっ！　ご、ごめんない、つい夢中になっちゃって！」

俺が呻くように言った言葉で、ハッとした彼女は咄嗟に手を止めた。

危ない、あと少しで暴発してしまうところだった。

せっかくタチアナさんがしてくれるというのに、前戯で満足してしまってはもったいない。

「俺はもう大丈夫だよ。でも……」

「うん、わたしも我慢できないわ。始めていいのよね？」

確認するような問いに間髪入れず頷く。

それを見た彼女は若干腰を浮かせ、俺の肉棒の上に乗っかるように動いた。

先端が秘部に当たると、それだけでクチュッと濡れた音がする。

「うっ、ぁっ……やだ、恥ずかしい音が漏れちゃうっ」

「アソコには触れてもいないのに、こんなに……」

タチアナさんも期待でここまで興奮してくれたんだと思うと嬉しくなる。

「……タチアナさん、俺、そろそろ限界だっ！」

このまま焦らされたら、間違いなく彼女を押し倒してしまう。そういう確信があった。

タチアナさんもそれを感じたのか、意を決して腰を下ろす。

「んぐっ！　はうっ……あぁっ！」

ずぶずぶ、と肉棒がタチアナさんの中に飲み込まれていく。

彼女の中は丹念に愛撫したみたいにトロトロで、肉棒は苦もなく最奥まで到達してしまった。

「あっ、はぁっ……すごい、一気に全部入っちゃったわっ……♪」

うっとりとした表情をした彼女は、完全に発情していた。

羞恥心を振り切って男のものを咥えこみ、セックスをするためのスイッチが入ったらしい。

「タチアナさん、すごいエロい……それに、中も蕩けそうなほど気持ちいいよっ！」

うっとりするような色気に、こっちも自然と興奮が高まる。

「ジェイク君、さっそく動かすわね？」

そう言うと、若干息を荒くしながら腰を上下に動かし始めた。

「あんっ、んんっ！　はっ、ふぁっ……あぁっ！」

俺の首に手を回しながら、ゆっくり体ごと動くタチアナさん。

激しさこそないものの、至近距離で見る彼女の艶姿(あですがた)と、膣内の絡みついてくるような感触がたまらなかった。視線を上に動かすと、興奮した表情でこっちを見下ろす彼女と目が合った。

「んぁっ、はんっ！　ジェイク君、加減はどうかしら。もっと激しくしたほうがいい？」

「いやっ、もう十分っ……中が熱くてとろけそうだ！」

自分が動くことで興奮しているのか、彼女の体温も心なしかいつもより熱く感じる。

熱の逃げ場のない膣内だとそれが顕著で、熱さに耐えられずに肉棒が溶けだしてしまいそうだ。

「くっ、これヤバい……温かさが気持ち良くて我慢できなくなるっ！」

肉棒だけじゃなく、その根元まで熱さが広がっていって、腰の筋肉が柔らかくなってしまいそうな錯覚がする。

さっきの手コキのこともあって、このままだともう射精してしまいそうだった。

「タチアナさん、もう少し手加減を……」

しかし、返答は残酷だった。

「えっ、無理よ。今でも激しくしないように我慢してるのに……ここでお預けされたら頭が爆発しちゃうわっ！」

「そんなこと言われても……くっ！」

その瞬間、突如膣内にギュウギュウと締めつけられる。なんとか暴発しなよう堪えたけれど、もう我慢できそうにない。

（やっぱりさっきの前戯がマズかった。タチアナさん、いつの間にあんなに上手く……くっ⁉）

なんとか堪えようと尻に力を入れるけれど、そろそろ限界が近かった。

そして、それをタチアナさんも感じ取ったようだ。

「あんっ、中でビクビク動いてる……出そうなの？　いいわ、我慢しないで！　わたしのお腹にジェイク君の精子、何度だって注ぎ込んでほしいのっ！」

こんな間近で、美女に見つめられながらそんなことを言われ、我慢できなかった。

「タチアナさんっ……出すよっ！」

最後の瞬間、彼女の腰を両手で掴んで思い切り引き寄せる。

同時にタチアナさんも、肉棒に体重をかけて最奥まで咥え込んだ。

「ぐあっ！」

「きゃっ、ひうぅぅっ⁉　熱いの出てるっ、こんなにたくさんっ……♪」

ドクドクと射精するのに合わせて体が震え、同時にタチアナさんの膣内も締めつけて精液を搾り取ってくる。

前戯とも合わせて限界まで高められていた興奮が発散され、欲望が全て彼女の中に吐き出された。

「ほんとにお腹の中、ジェイク君でいっぱいになるっ……凄く気持ちいいわっ」

嬉しそうな、うっとりした表情で熱い息を吐く彼女。

その姿もとても淫靡で、また興奮が再燃しそうになる。

実際、射精した後もまだ肉棒は雄々しく反り立って、タチアナさんの中を占有し続けていた。

「……タチアナさん、まだ終わらせないよ！」

「えっ、なにっ？　ひゃあああっ!?」

俺が唐突に腰を突き上げると、彼女の口から悲鳴が上がった。

「今度は俺が可愛がってあげるよ、さっきのお返しに！」

「やっ、待って……きゅむっ、あんっ！」

驚きといきなりの刺激に混乱中のタチアナさん。

そこを突くように何度も腰を動かし、完全に主導権を握る。

しばらくしてタチアナさんも落ち着いてきたけれど、気づいたときには後の祭りだ。

「あうっ、ダメッ！　ひゃわっ、ひぃんっ！　気持ち良くなって戻れないっ!?」

「タチアナさんの気持ちいいところ、たくさん突き上げたからね。もうイクまでとまらないよ……くっ！」

「ひきゅううっ!?　はひっ、あひぃぃっ！　気持ちいい波がきて頭おかしくなっちゃうのぉっ！」

座っているソファーがきしむほどの勢いで腰を動かす。

タチアナさんも興奮を抑えようとしているけれど、もう引き返せないところまできている。

あとは絶頂まで押し上げてあげるだけだった。

「あうっ、きゅううっ！　さ、さっきまでわたしがしてあげてたのにっ！」

「俺が射精したからって油断するから……やられっぱなしで終わりたくはないからね！」

女性のほうからしてもらうのも好きだけれど、一方的にされ続けるのは好きじゃない。

身勝手だけれど、やっぱり女の子にも気持ち良くなってほしいという願望があった。

「ほら、どんどん突きあげるよっ！」

「あうっ、あひぃっ！　私の中、硬いのでほぐされちゃううっ！　今度はこっちが蕩けちゃううぅっ!?」

さっきまでの余裕は吹っ飛び、快楽に翻弄されている。

余裕をなくし、気持ち良さそうに嬌声を上げている彼女も魅力的だった。

あのいつも優し気な表情が、俺の手でこんなに蕩けているかと思うとたまらないっ！

「中でタチアナさんの愛液と俺の精液が混ざって、酷い音たててるよ。こんなの他の人には聞かせられないいね？」

すでにリビングには肉を打つ音と喘ぎ声、それにむわっとした性臭が充満している。

もし何も知らない人がここに入ってきたら、あまりの惨状に卒倒してしまうかもしれない。

けど、俺たちはそんなことを気にする余裕もなくセックスに夢中になっていた。

「タチアナさん、気持ちいい？　俺は最高だよ、また興奮が抑えられなくなってきたっ！」

「わたしもっ、わたしも気持ちいいわっ！　ジェイク君とのセックス、どんどん好きになっちゃうの！」

興奮の中、タチアナさんは俺の問いに気持ちよさそうな笑みを浮かべて答えてくれた。

それが嬉しくて、ますます腰の動きが激しくなってしまう。

「んくっ、ひぅぅっ！　はぁはぁっ、あっ、ひぃぃぃぃんっ！　気持ちいいの昇ってくるぅっ!!」

目の前で、大きな胸を揺らしながら大胆に喘ぐ。

そこで俺は、大きく揺れる爆乳に吸い寄せ荒れるように顔を埋める。

「んっ、ぐ……れろっ」

「んんっ!?　やっ、おっぱいっ……顔埋めて先っぽ舐めちゃダメッ……あんっ！」

「タチアナさんの胸、興奮で汗が浮いてるから舐めるとおいしいよ？　それに、乳首も硬くなってて咥えやすいし……あむっ」

「いやっ、ひうううううっ！　やっ、そこ舐めちゃダメッ！　あっ、ひあっ、あああああぁぁっ!!」

敏感な乳首を咥えた途端、タチアナさんはこれまでで一番激しく反応した。

背筋を丸め、俺の頭を抱きしめるようにして、首に回した腕に力を入れている。

おかげで俺の顔はさらに柔肉に埋まり、呼吸が苦しくなってしまうほどだった。

「んぐっ、ふがっ……はぁっ、はぁ！　胸で溺れるかと思った！」

「ジェイク君が急に胸を弄るからよっ！　でも、おかげで本当に我慢できなくなっちゃったわ……んぅっ！」

さっきから続いている膣内の締めつけは時を追うごとに激しくなり、容赦なく精液を搾り取ろうとしてくる。再び体奥から熱いものが昇ってくる感覚を覚えた俺は、思い切って腰を動かす。

「あうっ、また激しくなってるっ!?　そんなふうにされると、わたしもう我慢できないっ！」

「俺だってギリギリだよっ！　今度はタチアナさんを先にイかせてやるっ！」

せめてもの意地を見せようと改めて彼女の背中に手を回し、しっかり抱き寄せながら腰を振る。

「ううっ、あぁっ！　ひぃんっ、ひゃっ、ふううぅぅっ！」

対するタチアナさんは、さっきから嬌声を上げっぱなしだった。

もう喋る余裕もないほど気持ちいいということだろうか。

なら、あとはトドメを差して天国に連れていってあげるだけだ。

「タチアナさん、このままいくよっ！」

「き、きてっ！　もう我慢できないっ……ひきゅぅぅっ！」

最後のもう一押しをするため、俺は彼女の耳元に口を近づける。

「全部中に出すから、俺とタチアナさんの子供、孕んでくれっ！」

「ッ!?　ジェイク君っ……あっ、イクッ！　わたしも孕みたいから、たくさん出してっ!!　あぁっ、ひいぃぃいぃいぃっ!!」

最後の突き上げに合わせてタチアナさんが絶頂し、続けて俺も二度目の射精をした。

互いの体に回した腕を思いっきり引き締め、一体になったまま全身を震わせる。

下半身が熱くなって、溶け合うかと思うほどの快感がしばらく続く。

数分経ってようやく落ち着くと、俺たちはどちらからともなく苦笑いを浮かべた。

「ふふ……ちょっとやりすぎちゃったかしら？」

「途中でベッドに移動すればよかった、掃除が大変だ」

「ジェイク君がこんなにたくさん出すからよ？　わたしの中に納まらなかったんだもの」

そう言って彼女がわずかに腰を動かすと、それだけで膣内から白濁液が溢れてくる。

さすがに二度も中出しされてしまうと、成熟した女性の肉体でも受け止めきれないらしい。

「まあでも、その前に体を洗いに行こう。このままじゃ掃除も出来ないよ」

「ええ。でも、浴室の中でいたずらしたりしたら、さすがに怒るわよ？」

「あぁ……それは頑張ります。はい」

はたして、タチアナさんの裸を前に我慢できるだろうか？　節操のない自分の性欲を抑えられるか、なかなか難しい問題だった。

少し自信なさげに指で頬を掻くと、タチアナさんが仕方ないとばかりに肩を落とす。

こうして、俺と姉妹の日常は幸福に過ぎていくのだった。

◆　◆

三人での生活はしばらく平穏なまま続いていたが、あるとき唐突に事件が起きる。

それは、俺がいつものように村に近づくモンスターを退治しようと森に入ったときだった。

「うん？　モンスター以外にもう一つ、何か別のモノがいるな」

目的地への道中、違和感を覚えた俺は、感覚器官をさらに敏感にして前方を探る。

すると、目的のモンスターが何かと戦っている気配が感じ取れた。

「……まさか、こんな森の奥に人でもいるのか!?」

聞こえてくるのは甲高い金属音ばかり。モンスター同士の争いという可能性は低かった。

「行ってみるしかないか。幸い今日はノエルが一緒じゃない、静かに近づけばバレないはずだ」

いつも俺のモンスター退治についてくるノエルだが、今日に限っては、まとめる資料があるとかで家に残っていた。

俺は幸運に感謝しつつ、移動速度を速めた。

そしていつもの五割増しの速度で急いた俺は、数分後には現場に到着する。

しかし、あたりは先ほどと打って変わって、静かになっていた。

「まさか、一歩遅かったか？　いや……」

気配を消して抜き足差し足で木々に隠れながら近づいていくと、そこには開けた場所があった。

元より開けていたわけではない。直前まで行われていた戦いで、辺りの木々がなぎ倒された結果生まれた広場だ。その中心に人影が一つと、小山のように盛り上がった影がある。

「デカいほうは……あれは、ヤークトトータスか！」

ノエルの読んでいた図鑑に載っているのを見たことがある。

大きなトラックほどもある巨大な陸亀で、甲羅に刻まれた魔法陣から強力な攻撃魔法を放つ戦車みたいなやつだ。

直接戦ったことはないけれど、討伐には確か平均Aランクのステータスを持つ冒険者パーティーが必要だとか。

「そんな奴をひとりで倒したのか、あいつは……」

暗闇の中でも見通す俺の目は、人影の容貌を明らかにしていた。

紺色の髪を短めなポニーテールにし、油断なくあたりを警戒している少女。

全体的に薄そうな防具を見ると、軽快さを売りにしているんだろうか。

けれど手に持つ剣は大きく、充分に大剣と言える大きさで、少女の手には少し余るように見える。

年齢は俺と同じくらいで、二十手前といったところだろう。

「あの子がヤークトトータスを倒したのか？　ううむ、若いのに凄腕だな。はたして接触するべきか、避けるべきか……」

安全を考えれば、このまま知らないふりをして家に帰ればいい。

けれど、彼女がどんな目的でこんな田舎の森の中にいるのかは、分からなくなってしまう。

単なる偶然ならいいけれど、万が一、村に危害が及ぶようなことになってしまえば悔やんでも悔やみきれない。俺はポニテの剣士に接触することに決め、身を隠していた木の影から出た。

「ッ!!」

「ま、待ってくれ！　怪しいものじゃない！」

さすがに感がよい。こっちが出てきたのとほぼ同時に反応して剣を構えた。

一方の俺は両手を上げ、彼女に敵意がないことをアピールする。

すると、今度は向こうから話しかけてきた。

「何者だ。さっきからつかみどころのない気配がしていたが、お前か？」

「ああ、うん、多分俺かな」

「……嘘ではないようだが、いまいち信じられないな。この私が気配を掴みきれない相手が、こんな田舎にいるなど」

「田舎で悪かったね。うちの村は田舎の中じゃそこそこ大きいほうなんだけど……まあいいや。俺はサイト村のジェイク。君は？」

「私はセシリア、流れの冒険者だ」

とりあえず名乗ってくれたことで一安心だけど、まだ警戒は解いてくれないみたいだ。

「あの、いい加減、剣を下ろしてくれないかな？」

「すまないが、私の本能がお前は危険だと告げている。今後ろで倒れているモンスターよりもな」

「あはは、そんな……俺はただの村人だよ」

「ただの村人がどうして夜遅くに森の中へ？　私から身を隠していた腕といい、一般人ではないのは分かり切っている。どこぞのスパイか？」

彼女が構えている剣に、月の光が反射する。

「いやいや、俺は生まれてからほぼ村を出たことがないよ。心配なら、うちの村に来てみんなに聞いてみるといい。証言してくれるはずだ」

「そこまで言うとは……まさか本当にただの村人か？」

「だからそう言ってるじゃないか！　たまにこうやって夜の見回りしてるんだけど、今日はたまたま騒がしい音が聞こえたから様子を見に来ただけなんだ」

「そうか……勘違いしてすまなかった。このとおりだ」

ようやく安心してくれたのか、剣を収めると頭を下げるセシリア。

和解できた以上、このままここで話を続けるのもなんだということで、彼女を家に招待すること
になった。夜も更けたころに見知らぬ客人を連れてきたので、タチアナさんたちは酷く驚いていた
けど、すぐにお茶の用意をしてくれた。

家のリビングで四人が集まり、それぞれ温かいお茶を飲んで一息ついたところで話が始まる。

最初に口を開いたのは、セシリアだった。

「改めて、私は冒険者をやっているセシリアだ。今回は不慮の事態とはいえ、ご主人に剣を向けて
しまい申し訳ない」

椅子に座ったまま頭を下げる彼女に対しタチアナさんとノエルは顔を見合わせた。

「確かにちょっと心配したけど、ジェイク君も気になったからって森の奥に入るのは不注意だった
わ。ねぇノエル？」

「う、うん、そうだね。ヤークトトータスっていったら凄いモンスターだし、セシリアさんがいな
かったらお兄さんも危なかったかも」

俺のことを心配してくれたんだろう、タチアナさんは少しだけムスッとしている。

一方のノエルは、俺の実力を知っているからか苦笑いしていた。

その反応を見てセシリアも安心したように息を吐く。

「ありがとう、ふたりとも。しかし、こんな美人な奥方がふたりもいるとは……ジェイクも意外とやり手なのか？」

「ははは、ここまで色々あってね……」

家に来るまでに、セシリアとは色々と自己紹介をしていた。

そのときに、ふたりお嫁さんがいると話し、たいそう驚かれたんだ。実際に家に帰ってふたりを紹介したときは、森の中であれだけ油断なく構えていた彼女も目を丸くしていた。

それからはすっかり打ち解け、今では四人とも互いに名前で呼ぶ仲になっている。

話も盛り上がっていたが、もう夜も遅いということで、互いに関する詳しい話は明日することになった。セシリアにはタチアナさんの部屋を使ってもらい、姉妹が大きめな俺のベッドで寝て、反対に俺がノエルのベッドで寝ることにする。

向こうは恐縮していたけれど、せっかくのお客さんをソファーで寝かせることは出来ない。

こうして、いつもより少し騒がしい夜が更けていくのだった。


翌日、俺とノエルはセシリアを連れて村の冒険者ギルドに向かっていた。

ギルドとは言っても、村の宿屋が兼業しているので見た目はそれほど立派じゃない。

それでも、必要な設備は整っていた。

今は冒険者パーティーが三つほど常駐しており、この辺りの地域では規模も大きいほうだ。こんな辺境、しかもモンスターの少ない地域では、村に冒険者が常駐していないほうが多いのだから。

「おーい、失礼するよ」

「おっ、ジェイクじゃないか。あんたがうちに顔を出すなんて珍しいね」

出迎えてくれたのは、この宿屋の女将兼、サイト村冒険者ギルドのギルド長だった。

恰幅がよく、まさに肝っ玉母さんって感じの人だ。

子供のころから面識があって、いろいろお世話になったこともある。

「おばさん、こんにちは！」

「おぉ、ノエルも一緒かい！　なんでうちに？　そういえば見ないお嬢さんがいるね、その子の用事かな？」

目ざとい女将さんが、セシリアのほうを見る。

「剣なんかぶら下げてるけど、どこかの親戚の子？」

優し気な女将さんに対し、セシリアは堂々とした態度で胸元からＩＤカードのような白金色のプレートを取り出した。

「いや、私は冒険者だ。これでわかるだろう？」

「なっ!?」

そのプレートを目にした瞬間、女将さんの目の色が変わった。

いつも朗（ほが）らかに接客している彼女が、驚愕した顔つきになっている。

「白金色!?　ステータスがSランクにまで達した冒険者にしか許されない色じゃないか！　その歳でSランクっていうと、お嬢ちゃんまさか、魔物の大群を撃退して国王から騎士爵を与えられたっていう、あのセシリアかい!?」

「最初に名前は名乗っただろう。プレートを確認してもらえばすむ話だ」

そう言って再度差し出したプレートを女将さんは緊張した様子で受け取り、机の引き出しから取り出した水晶玉を押しつける。

水晶玉には魔法が込められていて、冒険者がそれぞれ持っているプレートの情報を読み取れるという。こういった魔法の道具は人々の日常の中に溶け込んでいて、生活水準を引き上げるのに役立っている。

「ほ、ほんものだ……まさか、そんな……」

「女将さんが放心してる……ノエル、何か知ってるか？」

「えっ、お兄さんのほうこそ知らないの!? セシリアといえば、なかなかの有名人だよ！ 史上最年少でステータスをSランクに到達させた天才騎士！」

「いや、知らなかった……」

俺もよくモンスターを倒しているけれど、冒険者と同業っていう意識もないし興味もなかった。

「お兄さんって、そういうところずれてるよね。いい？ 冒険者たちの中でも期待の新人、いずれは王国の冒険者界を背負って立つって言われてるのよ！」

「へえ、それは知らなかったな……」

「もともと、ステータスがSランクに達した人間は極端に少ないの。王国全体でも両手で数えられるほどしかいないんだよ？ そりゃあ、女将さんがあれだけ驚いても仕方ない！」

「ふむ……もしかして俺、とんでもない相手を連れてきちゃったかな？」

セシリアの正体が分かってからは大変だった。

女将さんはまるで王侯貴族に対するみたいにガチガチに緊張してしまっているし、一階にいた冒険者たちもザワザワしている。宿の中の目が全部セシリアに向けられているみたいだ。

それでも彼女は慣れているのか、動揺する様子はない。

「そ、それでランクSの冒険者様がこの村に何か用が？」

気を取り直した女将さんが問いかけると、セシリアは話し始める。

まず、自分はあるモンスターを追ってわざわざ北のほうからやってきたこと。

モンスターは強大な悪魔で、恐ろしい力でもって人間たちを破滅に追いやろうとしているらしい。

放っておくと大惨事になるのは確実なので、自分が倒しに来たとセシリアは言った。

「悪魔たちは普通のモンスターたちと違って狡猾だ。何としても見つけだして退治しなければ……」

セシリアの表情はいつにも増して真剣で、この件に関してどれだけ彼女が本気なのかが窺(うかが)えた。

「ギルド長、悪いがこの件に協力してもらえるだろうか？　直接の戦いは私がやるが、この辺りに詳しい冒険者から情報を集めたい」

「はいっ、喜んで！　ほら、あんたたちも、しばらくはセシリアさんに協力するんだよ！」

女将さんが、辺りで様子を見ていた冒険者たちに声をかける。

彼らもいきなりのランクS持ちにおどろいたようだけれど、さすがは冒険者として商売をしているからか切り替えも早い。

「ランクS持ちの冒険者……それもあのセシリアと仕事ができるなんて光栄だな！」

「女将さん、もし悪魔を見つけたら、たっぷり報酬金はくれるんだろうな？」

「なんなら俺たちで倒してやってもいいぜ！」

すっかり意気込んでいる彼らに、思わず苦笑する。

穏やかな村人たちと違って血の気の多い彼らだが、このノリのよさは嫌いじゃなかった。

「頼もしいな、だが見つけても決してちょっかいをかけるなよ。ここに来るまでに何チームもの冒険者たちを壊滅させた相手だ。まったく油断できない」

そう言いつつも、セシリアもやる気になっているようで、僅かに笑みを浮かべていた。

（これは、俺の出る幕はないかな？）

そんなふうに思っていたそのとき、宿屋の扉が勢いよく開かれて誰かが転がり込んできた。

「きゃっ、一体何なの!?」

悲鳴を上げたノエルを庇うように抱き寄せると、中に入ってきた男が顔を上げる。

顔に覚えがある。この村に常駐している冒険者パーティーのひとりだ。

「た、大変だ！　隣のセクト村がモンスターに襲われてる！　凄い数だ、一刻も早く応援を！」

「何だって!?」

女将さんが目を丸くしてカウンターから飛び出してきた。

「アンタ、それはほんとうかい？　他のパーティーメンバーはどうした、一緒にいたはずだろう？」

「仲間たちはセクト村の人たちと一緒に立て籠もってる。足の速い俺が連絡に来たんだ」

それを聞いたセシリアが前に出た。

「話は聞いた。隣村はどんなモンスターに襲われているんだ？」

「襲ってきたのは悪魔の大群だ。といっても、大半は雑魚のインプだから普通なら俺たちでもなんとかなる。けど、今回は数が多すぎて無理だ！　百体以上いやがるんだ！　それに、中にはデスサイズデーモンが混じってやがる。中位の悪魔に出てこられたら、俺たち程度じゃ相手にならない！でも、なんとかしないと村が壊滅だ……」

「よく分かった、すぐに助けに行こう」

話を聞いたセシリアは剣に手を当て、目に鋭い闘志を宿した。

それを見た冒険者の男が困惑している。

「お、お嬢ちゃんも行くのか？」

「私も冒険者だからな。それに、こんな田舎に悪魔の軍勢とは妙だ。私の追っている悪魔に関係があるかもしれない。誰か、セクト村までの案内を頼めるか？」

その言葉に、俺は自然と手を上げていた。

「俺が案内しよう。ここにいる冒険者はまだ準備が整っていないみたいだから」

「ジェイクがか？　危険だぞ。冒険者でもない君を連れていくわけには……それに、ここにはノエルもいるじゃないか」

変わらず厳しい表情のセシリアは、一瞬ノエルのほうに視線を向けた。暗に嫁を心配させるなと言っているんだろう。けれど、俺はそれに対して笑みを浮かべて見せた。

「心配ないよ。向こうの村にいるモンスターはデスサイズデーモンって言ったっけ。ノエル、どうかな？」

俺は振り返ると、モンスターに関しては自分が一番信頼する相手に質問する。

彼女は少し考えた後、確かにうなずいた。

「うん、万が一インプとデスサイズデーモンの比率が逆転したりしなければ、お兄さんなら大丈夫かな」

「よし、ありがとう。……というわけだ、道案内は任せてくれ」

俺とノエルのやり取りを見たセシリアは、少し奇妙なものを見るような目をしていた。

「ううん、私としては心配なのだが……けれど、土地勘がある者がいないと村にもたどり着けない。ジェイク、頼む」

「よし、任せてくれ。じゃあノエル、少し帰りが遅くなるってタチアナさんに言っといてくれ」

俺はセシリアに頷くと、もう一度振り返ってノエルにそう伝える。

「はいはい、怪我しないようにねお兄さん！」

不安一つ見せない彼女に見送られ、俺とセシリアは隣村に急ぐのだった。

出発してから三十分、ひたすら走り続けた俺たちふたりはセクト村に到着する。

そこではすでに悪魔たちが暴れており、大惨事になっていた。

「これは……予想以上に酷いな」

子供ほどの体長だが空を飛ぶインプがあたりをかき回し、建物に火をつけている。

さらに奥には数体の大きな影も見えた。

死神が持つような鎌を持っているから、あれがデスサイズデーモンだろう。

幸いなのは、見た限り犠牲になった人間が見えないことだ。

冒険者たちに誘導されて、家の中に籠もっているに違いない。

「ジェイク、君はここで隠れてくれ。私が悪魔どもを追い払う」

セシリアは近くにあった小屋を指さすと、剣を引き抜いて悪魔たちを睨みつける。続いて彼女の全身から覇気のようなものが発せられて、辺り一面に猛烈なプレッシャーがかかった。

「……すごいな」

その光景に俺は思わず感動して呟く。

今まで強いモンスターには会ったことがあるけれど、これほどまでの力を感じさせる人間には会ったことがなかった。

彼女なら目の前の大惨事に突っ込んでも、少なくとも死にはしないだろうと思えた。

そして、その予想は見事に的中する。

「はぁあっ！　この程度で私は傷一つつかないぞ！　しかし悪魔どもめ、数だけは多いな……！」

言われたとおり小屋に隠れている俺の視線の先で、セシリアが大暴れしていた。

鋭く光る剣を縦横に薙ぎ、一振りごとに空飛ぶ悪魔が切り落とされる。

一方のインプたちも手に持つ炎を宿す槍でセシリアを攻撃するが、軽い火傷一つ追わせられない。

彼女は四方八方から襲い掛かってくるインプを捌き、逆に全てを切り落としていった。

まさに神業だ。もしかしたら剣の扱いに関するステータスがSランクなのかもしれない。

「このまま殲滅できそうかな？」

そう思ったけれど、どうも様子がおかしい。

全体を見渡せる位置から見ると、悪魔たちの数がまったく減っていないのだ。

セシリアもそれに気づいたようで、僅かに表情をゆがめた。

「いったいどこから増援が……ッ！」

何かに気づいた彼女がある一点を見つめる。そこは村の中心にある広場だった。

その地面に禍々しい赤紫色に発光するなにか……おそらく魔法陣が描かれている。

周囲をデスサイズデーモンに守られたその魔法陣からは、次々とインプが飛び出してきていた。

「そこか！　ええい邪魔だ！」

セシリアが大きく剣を振ると、周りのインプが一度に吹き飛ばされる。

その隙を見逃さなかった彼女は一気に魔法陣を破壊しに向かった。

けれど、迫りくるセシリアから魔法陣を守るように六体のデスサイズデーモンが立ちはだかる。

「貴様らも退け！　くっ、あと少しだというのにっ！」

セシリアの突進は、デスサイズデーモンたちによって止められてしまった。

さすがの彼女も実力のある悪魔を複数相手にすると、インプと同じようにはいかないらしい。

村の冒険者が一体でも敵わないというデスサイズデーモンを、六体纏めて相手している実力はさすがだけれど、このままでは拙い。

さっきよりインプが増え、打ち壊される家が出てきた。幸い住民たちは頑丈な家に集まっているようだから、今のところ人的被害は出ていないけれど、時間の問題だ。

「……躊躇してる時間はないな。この村にはサイト村の人たちの親戚や友人もいるんだ」

覚悟を決めた俺は小屋を飛び出した。

まずはセシリアを援護するため、村の中心に向かって突っ込む。

すぐに俺に気づいた彼女が慌てた表情になった。

「ジェイク!? 馬鹿、ここは危険だ！ すぐ逃げろ!!」

けれど、俺はそれを無視して近くの石ころをいくつか拾うと振りかぶる。

「セシリア、そこを動くなよ！ せいっ！」

投擲された石は瞬時に音速を超え、射線上にいたインプを撃ち抜きながら一体のデスサイズデーモンに直撃し、見事打ち倒した。

「……えっ？」

目の前で起こった光景に驚き、セシリアの動きが一瞬止まった。

その間にも二発目、三発目の投石でデスサイズデーモンを倒す。だがそこで運悪く弾切れだった。

「なら、後は殴り飛ばす！」

足に力を入れ、一気にデスサイズデーモンに接近する。

途中でインプたちが槍を突き出してきたけれど、俺の体には傷一つつかない。

「たあああぁぁっ!!」

残り三体になったデスサイズデーモンに、連続で拳を突き出す。

仲間をやられたデーモンたちは反撃しようとしたけれど、遅い。

防御も攻撃も間に合わず、瞬く間に全て地面に倒れ伏した。

「私は、夢でも見ているのか……？」

一部始終を目の当たりにしていたセシリアは、呆然とした表情で俺を見ている。

そんな彼女に対し、俺は肩を掴んで思いっきり揺らすと、正気を取り戻させた。

「ボーっとしてる場合じゃないだろ！　あの魔法陣、どうやったら破壊できる!?　普通に地面を抉っていいのか!?」

「あ、ああ……魔法陣は繊細だから、とにかく既存の形を保てなくすれば機能を失う。固定化の魔法がかかっている可能性もあるが……」

「とにかく破壊すればいいんだな!?　よし！」

俺はすぐさま魔法陣の近くに移動すると、瓦割りをするように地面へ手刀を叩きこんだ。

一瞬何か抵抗するような感覚があったけれど、それごと地面をたたき割って魔法陣を破壊する。

すると急速に赤紫色の光が収まっていき、インプの増援も止んだ。

「固定化のかかった魔法陣を苦もなく一撃で……ジェイク、君はいったい何者なんだ？」

「それより、インプの始末が先だよセシリア。これ以上増援は来ないけど、かといって放っておけない」

そう言うと、彼女はようやく辺りの様子に気づいたようで、恥じるように顔を赤くした。

「そ、そうだな。すまない、私としたことが君のことに夢中になっていた……」

「大丈夫、ふたりならすぐに退治できると思うから。行こう！」

それから俺とセシリアは手分けして、村中のインプを退治していった。

増援も合わせて百体以上になっていたが、ものの五分もかからずに殲滅することが出来た。

モンスターたちの殲滅が終わると、セシリアと一緒に住人たちを助け出す。

中にはインプに襲われて怪我をしていた人もいたけれど、幸い亡くなった人はいないみたいだ。

居合わせた冒険者たちが、素早く避難誘導をしてくれたおかげだろう。

その後はモンスターの関わる事件に慣れているセシリアを中心に、セクト村の村長なども合わせて対応が続き、怪我人の治療や炊き出しが行われた。

そのころには後続の冒険者たちも到着して、壊された家の修繕や万一の為の警戒も行われる。

ようやく落ち着けたのは夕方だった。

俺とセシリアは今回の事件の功労者ということもあって村長からお礼を言われ、後の処理はセクト村と冒険者たちに任せサイト村に帰ることに。

来るときとは違ってゆっくり道を歩いていると、横にいるセシリアから声を掛けられる。

「ジェイク、村のほうも落ち着いたし、そろそろ話を聞いていいか？」

言葉遣いこそ丁寧だったけれど、彼女の目には誤魔化しは許さないという強い意志があった。

俺も力を見せてしまった以上、隠し立てするわけにもいかずに頷く。

「まず、さっき見たのが本当のジェイクの実力だな？　中位の悪魔を六体も瞬殺。しかも投石に殴打、それも一撃なんて規格外だ！　私の知り合いにはステータスSランクの筋力を持つ冒険者がいるが、例え彼でも同じようなことは出来ない……改めて聞くが、一体何者なんだ？」

「俺はただの村人だよ。生まれてからずっとサイト村で暮らしてるし、これは本当だ。普通の人よりだいぶ強い力を持っているのは承知しているけれどね」

「だいぶという範疇ではないと思うが……ああそうか、ノエルはこのことを知っていたから安心して君を送り出したんだな？」

「そのとおり。でも、タチアナさんにはまだ言っていないから、内緒にしてくれるとありがたいな」

「分かった。本来ならすぐにでも冒険者にスカウトしたいところだが、すでに所帯も持っているしな。何よりジェイクの不興を買いたくないよ」

そう言って肩をすくめる彼女に、思わず苦笑いする。

「俺もセシリアと喧嘩したくはないな。今まで見た中で一番強いし、何より戦いが上手そうだ」

「私も冒険者だからな、それなりに剣術は学んでいるし対人戦闘も……って、今まで見た中でと言ったか？　戦闘の経験があるんだな？」

「あっ……」

俺は自分の失言を悟ったが、すでに遅かった。

「まだまだ隠していることがありそうだなジェイク。この際、洗いざらい話してみてはどうだ？」

「あは、ははは……」

逃がさないよう腕を掴んで迫るセシリアに、俺は乾いた笑いを浮かべることしかできなかった。

それから俺は、これまで戦ってきたモンスターについて聞き出され、家に帰るころには喋りすぎで喉がカラカラになっていた。

「うぅ……ただいま……」

「お帰りお兄さん！　あれ、なんだか疲れてるみたいだね。もしかしてドラゴンでも乱入してきたのかな？」

迎えに出てくれたノエルはそう言って茶化すが、俺からすればドラゴンと戦ったほうがまだ楽だと思えるような帰路だった。

「とりあえず仕事は片付いたよ、セクト村のみんなも無事だ。セシリアがだいぶ頑張ってくれたからね」

「半分以上は、ジェイクの手柄だがな」

そう言いながら、俺の後ろから女騎士が現れる。

俺の秘密をいろいろと聞き出し、晴れ晴れとした表情だ。

少し前まで驚きで顎が外れそうになっていたくせに、切り替えが早い。

「ん？　もしかしてお兄さん、セシリアさんに話した？」

勘のいいノエルが、俺と彼女の表情を見比べて問いかけてくる。

「ああ、いろいろあってね」

そう言って力なく頷くと、ノエルも難しい顔になる。

「そっか……で、これからお兄さんどうなるの？　もしかして、王都へ連れていかれちゃったり……？」

「心配するな、せっかくの幸せそうな家庭を壊したりしない。私はモンスターから人々の平和を守るために冒険者になったんだ。まぁ、本音を言えば北か西に行ってモンスター退治に協力してほしい気持ちはあるが……そのために、この村を危険にさらす訳にはいかない」

セシリアの言葉に、ノエルは露骨に安心した様子を見せた。

「ふぅ、よかった……あっ、そろそろお姉ちゃんの夕食が完成するよ！　ふたりとも手を洗ってきて！」

「おっ、ちょうどいいときに帰ってきたな。セシリアも一緒に食べるだろう？」

「そうだな、お邪魔させてもらおう。彼女の手料理は王都の料理屋にも負けてないから楽しみだ」

少しばかり怪しい雰囲気が漂ったけれど、それも美味しい料理の前では吹き飛ぶ。

俺たちはノエルの言うとおり洗面所で手を荒い、さっそく食卓へ移動するのだった。

それから夕食をいっしょに食べた俺たちは、リビングで一息つくことに。

タチアナさんの淹れてくれたお茶を飲んで寛いでいると、セシリアが話を切り出してきた。

「私は今夜から、宿のほうに部屋を取ることにしようと思うんだ。いつまでもここに世話になっては悪い」

「えっ、そんなことないぞ。せっかくのお客さんだし、賑やかなのは大歓迎だ」

俺がそう言うとノエルも頷く。それにタチアナさんが付け加えた。

「それに、今からだと宿屋の女将さんも部屋を用意するのが大変よ。せめてもう一晩くらい泊まっていったらどうかしら？」

「むっ、そうか……ならお言葉に甘えさせてほしい」

彼女もタチアナさんの指摘を素直に受け取り、もう一晩泊まっていくことに。

それから俺たちは宿泊のお礼として、セシリアから王都や他の地域での面白い話を聞き、にぎやかに夜が更けていくのだった。


すっかり日が暮れたころ、俺は今日もノエルの部屋で寝転び、ひとり本を読んでいた。

最近ノエルがまとめ始めたという、モンスターの資料だ。

俺の見回りに同行して観察したモンスターが主で、それぞれ的確に特徴や弱点を記している。

まだまだ書かれているモンスターの種類は少ないが、これからも同じように観察を続ければ、いずれは素晴らしい本ができるだろう。

そんなことを思っていると、扉がノックされる。

立ち上がって扉を開けると、そこにいたのはタチアナさんだった。

「ジェイク君、遅くなっちゃったけど、お風呂から上がったわ。次どうぞ」

「ああ、ありがとうタチアナさん」

そう言って礼を言いつつ、俺は彼女から目が離せなかった。

何しろタチアナさんは風呂から出たばかりで下着も身に着けず、体にタオルを巻きつけただけの姿だったんだから。

お湯を吸い、しっとりした肌と艶を増した金髪。

それに何より、火照った表情が彼女をどことなく淫らな雰囲気に見せてしまう。

「……タチアナさん、ちょっとその恰好でここに来るのはマズかったかな」

「えっ……きゃっ！」

俺はタチアナさんの腕を掴むと、寝室の中に引っ張り込んだ。

彼女は最初驚いた様子を見せたけれど、俺が正面から腰を抱くと大人しくなる。

ただ、少し非難がましい目で俺を見つめてきた。

「ジェイク君、今日はまだセシリアが止まっているのよ？　バレちゃったらどうするの？」

「どうもしないよ。だってタチアナさんと俺は夫婦だろう？　他所ならともかく、自分の家の寝室でセックスしてたって文句は言われないさ」

そう言いつつ、俺は腰に回したのと反対の手で、タオルの上から丸いお尻を撫でる。

「んっ……我慢できないの？」

「昨日もセシリアがいたからね。彼女のことは気に入ってるけど、かといってタチアナさんやノエルを抱けなくなるのは寂しいじゃないか」

俺たちは一緒に暮らし始めてからというもの、二日か三日に一度、多いときには一日に何度も体を重ねていた。

一番の理由は、俺もふたりも子供が欲しかったからだ。

村の中には十代半ばで結婚して子供を作った者もいるし、別に早いことじゃない。

それに、俺はセックスで気持ち良くなっているタチアナさんやノエルの顔が大好きだった。

彼女たちも俺が求めると歓迎してくれるので、ついつい頻度が上がってしまったという訳だ。

「俺は二日ぶり、タチアナさんは三日ぶりかな？　溜まってる分、全部中に吐き出したいよ」

「もう、ジェイク君ったら節操がないんだから……」

そう言いつつも、タチアナさんはまんざらでもない表情をしていた。

俺はそれを了解と受け取り、彼女を抱き寄せたままキスする。

「あっ、んむっ……ちゅっ、ジェイク君……はぅっ」

一度キスすると、向こうも吹っ切れたのか自分から唇を押しつけてくる。

しばらくしっとりした唇の感触を楽しみ、今度は互いに舌を出して絡め合った。

「じゅるっ、れるちゅっ……んちゅるっ、くちゅっ、はぁっ……」

「んむっ、タチアナさん、キスも上手くなったね」

「ジェイク君が何度もするから自然と覚えちゃったのよ……んぁっ！　いきなりそこなのっ!?」

タチアナさんがキスに夢中になっている隙にタオルをめくり上げ、お尻から秘部に指を這わせた。

「あんまりゆっくりしていると、せっかく温まったタチアナさんが冷めちゃうじゃないか。風邪をひかれたりしたら悲しいし」

「でも、途中で止めるって選択肢はないのね、ふふ……んはぁっ！」

そう言って苦笑しつつ、タチアナさんも俺の背に腕を回してくる。

愛撫を続けると次第に秘部が濡れ始め、指先は愛液を纏っていった。

もともと体が熱いからか、興奮するのも早いようだ。

「もう濡れてきたね……気持ち良くなってきた？」

「だってジェイク君の指が……んっ、あうっ！　わたしの弱いところを容赦なく責めてくるんだもの っ！」

もう興奮を抑えきれない様子で、タチアナさんが声を上げる。

その顔は風呂上がりという理由だけでは説明できないほど赤くなり、目には情欲が宿っていた。

彼女が興奮しているのを見ると、俺も自然と笑みを浮かべてしまう。

「タチアナさん、綺麗だよ……本音を言えば、今すぐ襲いかかりたいくらいだ！」

「んっ、ダメよ、あんまり激しくしちゃ……セシリアに気づかれちゃうわ……あっ、んんっ！」

声を抑えながら悩ましく喘ぐタチアナさんを見て、俺の股間もいつになく熱くなってくる。

既に彼女のお腹には、ズボンを押し上げて勃起する肉棒が押しつけられていた。

「あぁっ、こんなに硬く……」

「ごめんタチアナさん、もう我慢できないっ！」

「あっ、やっ……んぅぅっ！」

俺は一瞬体を離すと彼女の向きを変え、目の前の扉に押しつけるような形にする。

タチアナさんが両手を扉についたのを見て、俺は彼女の体を覆っていたタオルを取りはらった。

「あっ……」

真っ白なタオルの下から現れたのは、興奮で桃色に色づいた肌だっら。

中でもむっちりと肉のついたお尻は、まさに白桃のようにも見える。

「……タチアナさん、もう逃がさないからね？」

俺は息を整えると、目の前の果肉がたっぷり詰まった桃尻を両手で鷲掴みにした。

「きゃっ……あっ、ダメッ……」

「静かに。セシリアのいる部屋は向かい側なんだから、あんまり大きな声を出すとバレちゃうよ？」

「はうっ、くぅっ……今日のジェイク君、すこしいじわるね？」

なんとか声を抑えたタチアナさんが、振り返って恨めしそうな顔を見せる。

「我慢してた分、少しSっ気が出ちゃってるかも……でも、そのぶん気持ち良くしてあげるよ」

「なのに、セシリアにバレたくなければ声を我慢しろって？　ほんとに酷いわ……」

彼女の抗議の声は聞き流し、代わりに硬くなった肉棒を秘部へ突きつける。

「んぅっ!?　あっ、これ、ジェイク君の……凄い熱いわ、早く入りたいってビクビクしてるっ！」

「そうだよ、一刻も早くタチアナさんの中に入りたいんだ……いいよね？」

「この様子じゃ止めてって言っても治まらないでしょう？　それに、わたしも欲しいの。たった三日エッチしてないだけでムラムラして、ジェイク君のおちんちんを感じて子宮がキュンキュンしちゃってるわっ！　だから……ひぎゅっ!?　あっ、ひっ……!!」

彼女の言葉は最後まで終わらなかった。

我慢できなくなった俺が腰を前に進め、挿入を始めたからだ。

「うぐっ……タチアナさんの中、いつもより狭いっ」

「わたしも、ジェイク君をいつもより大きく感じるのっ！　もっと奥まで、一番奥まできてぇっ！」

「もちろん！」

熱い息を吐きながら腰を動かし、膣奥へと肉棒を押し込んでいく。

三日お預けを食らっていた膣内は、帰ってきた肉棒に敏感に反応し、歓迎の涙を溢れさせる。

瞬く間にトロトロになった膣を進み、そのまま最奥まで達した。

「ぐっ、キツいっ……それに熱くて溶けそうだっ！」

「あうっ、うぅぅっ！　い、一番奥まできたぁっ！　ジェイク君、全部わたしの中に入ってるわ♪」

タチアナさんのお尻と俺の腰がくっつき、下半身が溶け合うような感覚がする。入れただけでまだろくに動かしていないけれど、早くも興奮がはち切れそうな勢いで高まっていた。

「中でビクビクって動いて、それだけで気持ち良くなるっ」

体に溜まった熱を吐き出すように、大きく息をするタチアナさん。

快楽に耐えようとギュッと両手を握りしめている姿が可愛らしい。

「ほんとに綺麗だ……また動くから、もっといやらしいとこ見せてよっ！」

「あきゅぅぅっ！　あうっ、待って……ひいぃぃいぃっ！」

思い切り腰を引いて打ちつけると、彼女はたまりかねて大きく嬌声を上げる。

もう、セシリアのことを気にするどころじゃないみたいだ。

そういう俺も、だんだんと目の前のタチアナさん以外のことを考えられなくなってくる。

「もっと喘いでっ！　感じてるところ見せてっ!!」

腰の動きを徐々に激しくしながら声をかける。

そのとき、腰を打ちつけられるたびに揺れる爆乳が目に入った。後ろからでもゆさゆさと揺れているのが分かるほどの大きさと、そのいやらしさに思わず手が伸びる。

「んぅぅっ!?　やっ、おっぱいまでっ！　ひうっ、んくぅぅっ！」

俺に乳房を鷲掴みにされると、クッと口元を結び肩を震わせるタチアナさん。

興奮で胸元も敏感になって、こうして乳房を愛撫されるだけでも感じてしまうようだ。

「うおっ、中もギュウギュウ締めつけてくるっ……タチアナさん、このまま最後までいくよっ！」

「あっ、やっ……ひぅぅっ！　わたしもっ、我慢できなくなっちゃうっ！」

「そのまま、もっと感じてくれタチアナさんっ！」

だんだん大きくなる彼女の嬌声を聴いて、俺も興奮が高まってくる。

もっとタチアナさんを責め立てたいという気持ちと、すぐに中出ししてやりたいという気持ちがせめぎ合い、後者がどんどん大きくなっていく。

「はぁ、はぁっ……中のジェイク君のが、また大きくなってっ……あぁっ！　もう無理っ、耐えられないわっ！　イクッ、イっちゃうのっ！」

膣を隅々まで犯し尽くされ、とうとうタチアナさんが悲鳴を上げた。

中はもう、彼女の意思によらずとも断続的に締めつけ、本能的に精を搾り取ろうとしてくる。

生半可なテクニックより余程気持ちいいその感触に、思わず表情をゆがめた。

「ぐっ……タチアナさんの体が孕みたがってるみたいだよ？」

「きゃうっ、あんっ！　それは、欲しいからっ……ジェイク君の赤ちゃん欲しいのっ！　お願い、たくさん出してっ、孕ませてぇぇっ！」

「あっ、ぐぁっ……出すよ、お望みどおり全部中にっ！」

タチアナさんが俺を迎えようとお尻を押しつけてきたので、その張りのある尻肉を潰すように腰を押しつける。

そして、そのまま子種汁を流し込む。

「ッ!?　あっ、ひきゅううううぅぅっ!!　イクッ、イックウゥウゥウゥウゥッ!!」

上半身をほとんど扉に押しつけるようにしながら、絶頂するタチアナさん。

その間も吐き出された精液は、彼女の中を蹂躙し、真っ白に染め上げていく。

「あうっ、んっ、はぁっ……」

「最後まで搾り取ってくる……はぁっ、ふぅぅ……」

数分してようやく落ち着くと、俺は彼女を抱えてベッドまで移動する。

支えている腰の感触で分かったけれど、俺がいないとその場で倒れてしまいそうだった。

なんとかベッドまで移動し終わると、ふたりしてその上に横になった。

「はぁはぁ……もう。こんなにいきなりされるなんて……」

「ごめんタチアナさん……でも、凄くよかったよ」

「そうみたいね。もうお腹の中の感触で、どれだけいっぱい出たか分かるもの」

体の火照りが治まらないままのタチアナさんが、苦笑いする。

「タチアナさんが途中からノッてきてくれたから、こっちも興奮したよ。でも、ちょっとやりすぎたかな？」

「え？　……あっ」

彼女は一瞬不思議そうな表情をし、すぐに何かに気づいたように目を見開いた。

そして、そのまますぐに羞恥で顔を赤くしてしまう。

「まあ、あの音じゃね……」

容赦のないピストンでタチアナさんが手を突いていた扉はガタガタ音を立て、嬌声が隙間を通って向こう側まで響く。

確実に、向かいの部屋のセシリアまで届いてしまっているだろう。

「……明日の朝、顔を合わせるのがつらいわ」

「大丈夫大丈夫、セシリアの性格からすれば黙ってるよ」

「それでも気まずいじゃない、ジェイク君があんなに激しくするから……もうっ！」

「あいてっ！　はは、まいったな……」

俺は最後に抗議のデコピンを甘んじて食らい、そのままふたりで眠りにつくのだった。

翌朝、俺たち四人はそろってリビングで朝食を摂っていた。

パンとベーコンエッグにミルク、簡単なものだが、今日は俺が作ったので味は保証済みだ。

セシリアも「こんなに美味しいベーコンエッグは食べたことがない！」と喜んでいる。

案の定、昨夜のことにセシリアは触れてこない。

けれど、チラチラ俺とタチアナさんを見て落ち着かない様子なので、バレてしまったのは明らかだろう。タチアナさんもそれに気づいたようだし、後でもう一度デコピンを食らいそうだなと思った。まあ、それで彼女の怒りが治まるなら安いもんだ。

食事が終わって片付けが始まったタイミングで、セシリアから話を切り出された。

「ジェイク、実は相談があるんだ」

「相談？」

「ああ。私はしばらく、追ってきた悪魔の捜索と討伐のためにこの村に留まるだろう。昨日の騒ぎのときに魔法陣があっただろう？　あれは並の悪魔には作れないものだ。私の追っている奴が関わっている可能性が非常に高い」

「なるほど、それは厄介だな……」

セシリアが警戒するほどの悪魔だ。俺もいつも以上に気を引き締めないといけないだろう。

彼女が討伐するまでは、夜の見回りを増やしたほうがいいかもしれない。

無論、倒すのを手伝いましょうか？　なんてことは言わない。

元々ひとりでやってきたということは、十分倒せる当てがあるってことだろうし、これ以上首を突っ込まないほうがいいだろう。

けれど、彼女からこうして話しかけてくる以上、俺に何か望まれているのは分かる。

「それで？」

「一つお願いがある。空いた時間に私の特訓に付き合ってもらえないだろうか？」

「えっ、俺がセシリアの特訓に⁉」

突然のことに目を丸くしていると、彼女は大きく頷いた。

「ぜひ、ジェイクに頼みたいんだ。理由は……分かるだろう？」

一瞬、タチアナさんのほうを見たセシリアはそう言う。

事情を知らないタチアナさんに配慮して言葉を濁してくれたけれど、俺の身体能力の高さが理由だろう。確かにこれ以上この件に深入りしないほうが良い予感はあるけれど、それくらいなら問題ない気もする。

「わかった。練習に付き合うよ」

「おおそうか！　ありがとう、恩に着る！」

俺が頷くと、セシリアは嬉しそうな笑みを浮かべた。

「でも、どんな特訓をするっていうんだ？　俺は特別なことは出来ないぞ」

「そこは安心してほしい。適当に全力で動き回ってもらえれば充分だ。ひとりでやるより相手がいたほうが何倍も成長できる。……本当は実戦形式のほうがよいが、そこまで高望みはできないな」

実戦形式、つまりそれぞれ武器を持って追いかけっこしつつ、チャンバラをやるってことだろう。

少し怖い部分もあるけれど、それでセシリアの腕が上がって悪魔が安全に討伐できるなら悪くないと思えた。

「さすがに剣は使わないでほしいな、木の棒くらいならまあ……」

「本当か!? やはりどれだけ頭の中でイメージしても、実際に体を動かさないとどうしようもないことは多いんだ。けれど私と同等以上に動ける相手となれば、同じSランク持ちの冒険者か強大なモンスターだけ。おいそれと戦える相手じゃないんだ」

途中、タチアナさんが食器を片付け洗面台のほうに行ったのを見て、具体的な話をするセシリア。

つまり、自分自身が強いがゆえに、なかなか実入りのある特訓が出来なかったということだろう。

熟練者ならまだしも、まだ成長途中の少女にとっては重要な問題と言える。

「ただ、特訓を行うのは森の中にしてくれ。まだ他の人に力を知られたくない」

「それはこちらも承知している。ではさっそくだが、今日は時間がとれるか？」

「ああ、入ってる仕事は午前中だけだから大丈夫だよ」

「そうか、では頼む。今以上に強くなれれば、上位の悪魔相手でもそれほど苦労しないはずだ」

自信満々で頼りがいがあるなぁ。いや、これくらいのメンタルがないとSランク持ちの冒険者はやっていられないということか。

しばらくそうして話してから、俺はいつものように仕事へと向かった。

数時間後。いつものように仕事先で昼食を作って振る舞い、今日はそこで仕事が終わった。

とはいえ、今日の本番はこれからだ。午後からセシリアとの特訓がある。

自分で作った昼食を素早く食べると、彼女との待ち合わせ場所である森へ向かった。

「おぉ、来たなジェイク。待ちかねていたぞ！」

俺が最初に彼女と出会った場所で、セシリアは待っていた。

ここなら村人が迷い込んでくることはほとんどない。俺という例外を除いて。

秘密を抱えた俺にとっては、恰好の特訓場所だった。

俺は近くに木の根元に荷物を下ろすと、準備運動をしているセシリアのほうに向かう。

「ごめん、待たせた？」

「別に遅れてはいない、私が少し期待してしまっただけだ。もう始めて大丈夫か？」

「大丈夫」

「よし、ではさっそく始めよう」

俺は彼女から木の棒を渡され、それを構える。

すると先ほどまで穏やかだったセシリアの気配が一片した。

「すぅう……」

静かに息をして目を見開いた彼女の顔は、真剣そのものだった。

これはこっちも真面目にやらないと……と思った瞬間、セシリアが飛びかかってくる。

「はっ！」

彼女はそのまま一切の容赦なく木の棒を振り下ろしてくる。普段持っている大剣よりは大きさも重量も劣るけれど、人ひとりをミンチにするには充分すぎる威力だ。

「初っ端から飛ばすな……おっと！」

それでも俺はその攻撃を、余裕をもって横に移動してかわす。

その瞬間、セシリアの口元に嬉しそうな笑みが生まれた。

「今の攻撃を初見で避けるとは……やはりジェイクの力は本物だ！」

「褒めてもらって嬉しいよ。でも、もう少し手を抜いて貰えると……うひぃ！」

「まさか！　手を抜いてしまっては特訓にならないぞ！」

そんなことを言っている間にも、セシリアは続けて攻撃してくる。

俺はそれを大きな動きで避け続ける。

たとえ、並外れた耐久ステータスのおかげで怪我はしなくても、痛いものは痛いだろう。

なので、なるべく食らいたくないというのが本音だった。

「ふん、はぁぁ！　くっ、当たらない!?」

一方のセシリアは、何度しかけても攻撃がかすりもしない状況に焦り始めたようだ。

もちろん彼女も、馬鹿正直に正面ばかりから挑んできた訳じゃない。

時にはフェイントを使ったり後ろをとったり、なんとか一撃加えようとしてくる。

けれど、俺はその悉(ことごと)くを尋常ではない反射神経と身体能力で回避していた。

どんな罠だろうとフェイントだろうと、見てから回避できるだけの能力があれば怖くない。

「ははっ……凄い、凄いぞ！　私が相手の髪の毛一本にすら触れられないなど初めてだ！」

悔しそうな表情をしながらも、嬉しそうに言うセシリア。

彼女は俺との間に歴然とした身体能力の差があるのを感じ、今度は密着するほどの近距離にまで接近してくる。

「確かにジェイクの力は凄いが、技はどうかな!?」

「うおっ、とっとっとっ！」

今度は剣に見立てた木の棒で牽制しながら、拳による殴打や蹴りまで繰り出してくる。

一応伏せぐことは出来ているけれど、なんとも掴みどころのない動きでこっちも手を出しづらい。

それを見たセシリアは一旦距離を離した。

「ふぅ、さすがのジェイクも、こういった格闘術に対する対処法は知らないか」

「セシリアは凄いね。剣技だけじゃなく、そんなことまできるんだ？」

「モンスター相手の戦いには、出来るだけ多く手札を持ちたいからな。一番得意なのは剣だが、槍や弓はもちろん盾や棍棒、変わったものでは鎌なんかも使える」

「へえ、武芸百般なんだな……」

元々の才能もあるのだろうけど、この若さでそれだけの武器を扱えるというのは、それだけモンスター討伐に対する熱意があるって証拠だ。

「剣以外でモンスターを屠ったのは片手で数えるほどしかないが、それでもいざというときには、役に立つんだ。だから、どんな技術でもどんな相手との戦闘でも体験し、身に着けたい」

そう言って、俺をまっすぐ見つめる彼女に俺も頷いて返した。

「そういうことなら、俺も気合いを入れて協力しないとね。よし、今度はこっちからいくよ！」

「ふふ、来いジェイク！」

力を込めて地面を蹴り、油断なく木の棒を構えるセシリアに向かう。

こうして、その日は日が暮れるまで特訓が続くのだった。


夜になったころ、俺はひとり夜道を歩いて、セシリアの泊まる宿屋に向かっていた。

うちになら何泊しても歓迎すると言ったけれど、いつまでも寝室を占領するのは悪いと、セシリアが遠慮したからだ。なので森での特訓が終わった後はそこで別れたんだけれど、家に戻るとタチアナさんがセシリアの忘れ物を見つけていた。

ペンが一本だったけれど、上等な造りでそれなりの値段がしそうな逸品だ。

そこで俺が、彼女に返すために宿屋を訪ねることになった。

受付で女将さんに事情を説明し、セシリアの部屋を教えてもらうと上に向かう。

彼女が泊っているのは最上階の三階の角部屋、一番上等な部屋だった。

「よし、ここか……うん？」

ノックしようとするが、直前で手を止める。部屋の中から何か聞こえた。

「なんだ？」

気になって耳を澄ませると、もっとはっきりした声が聞こえてくる。

「……ぁつ、んつ！　はつ、あぁつ……！」

「ッ!?」

声自体は明らかにセシリアの声だった。今まで聞いたことがないほど艶っぽいのを除けば。

「はぁ、はぁっ……んぁっ！」

時折苦しそうに息を荒げながらも、明らかに熱っぽい声が聞こえる。

彼女のことだから、まさか男を連れ込んだなんてことはないだろう。

となると、今聞こえているのはオナニー中の喘ぎ声ということになる。

忘れ物を届けに来たとはいえ、今この部屋へノックするのは非常に気が引けた。

「……フロントの女将さんに渡して帰るか。うん、そうしよう」

俺は穏便に済ませるためそう決め、静かにその場を離れようとした。

しかし、一歩踏み出したところで床板がきしみ、ギギギッと音を立ててしまう。

（な、なんで今音が鳴る？　さっき通ったときには鳴ってなかっただろう!?）

内心で思いっきり絶叫してしまったけれど、鳴ってしまったものは取り返しがつかない。

俺はなんとか再度音を立てないように慎重に足をずらし、セシリアの部屋のほうを窺った。

（……声が、聞こえない）

耳を研ぎ澄ましてみても、さっきの喘ぎ声は少したりとも聞こえない。

しかし、その代わりというようにセシリアの部屋のドアがゆっくりと開く。

そこから顔を見せたのは、羞恥に頬を赤く染めたセシリアだった。

「ジェイク……誰かいると思ったが君だったのか……」

彼女は俺の姿を見て一瞬安心した様子を見せたが、すぐまた硬い表情になる。

「まさか、聞いたのか？　いや、そうだろうな。だからそんな足音を消そうとしているのだろうし」

「あー、いや、その……盗み聞きしようとしたわけではなくてだな！」

必死に弁明しようとするが、この状況では誤魔化しきれないだろう。

案の定、セシリアは硬い表情のまま俺を手招きする。

「取りあえずこっちに来てくれ、中で話し合おう。この階には私しか泊まっていないはずだが、廊下では他の人間に聞かれる可能性もある」

「あ、ああ……」

嫌と言うわけにもいかず、俺はそのままセシリアの部屋へ入るのだった。

宿の部屋の中はいたって綺麗だったが、窓は涼しい夜にも関わらず全開だ。

それでもこの短時間では部屋の中の空気をまるっきり入れ替えることは出来ず、俺の鼻は僅かな性臭を感じていた。

そのまま部屋の奥に案内された俺は椅子に腰かけ、セシリアはその正面のベッドに腰掛ける。

少し落ち着いたようだけれど、まだ頬が赤い。

「それで、ジェイクはどうしてここに？」

「ああ、忘れ物を届けにきたんだ。ほら、これだよ」

平静を装う彼女に合わせ、俺も何でもないように懐からペンを取り出して渡す。

「ああ、これか！　ありがとう、お気に入りだったんだ。助かったよ」

セシリアは安心したように笑みを浮かべてペンを受け取り、ベッド横のテーブルに置く。

「じゃあ、用事も済んだし俺は帰るよ」

そう言って立ち上がろうとしたとき、目の前にセシリアが立ちはだかった。

「待て、まだ話は終わっていない！　ジェイクは私が、その……していたのに気づいたんだろう？」

躊躇しつつも、決定的な部分に触れるセシリア。

そこを口に出されてしまうと、俺も逃げられなかった。

「ああ。ごめん、本当に盗み聞きするつもりじゃなかったんだ。声がしたからつい気になってしまって……」

そう言いつつ俺は頭を下げた。

こういう場合は誤魔化さずに素直に謝ったほうが良い。相手が知り合いなら尚更だ。

幸いにもセシリアは、いきなり怒鳴り散らすようなことはしなかった。

「うん、正直ショックだったけれど偶然なら仕方ない。元はと言えば私がペンを忘れたのが原因なんだし」

理解を示すような言葉にホッとしたが、その次の言葉で俺は手のひらを返される。

「でも、私が劣情を催してしまったのはジェイクたちが原因なんだぞ？　昨日の夜のことだ」

「あ……あぁ、そうか……」

こう言われれば、もう頭を抱えるしかなかった。

あの夜のことは、タチアナさんの風呂上りの姿を見て我慢できなかった自分が悪い。

「……俺は、どうすればいいんだ？」

セシリアのことだから、今日のことをタチアナさんやノエルに告げ口して、家庭崩壊を引き起こすようなことはしないだろう。

けれど、俺を呼び止めたということは、それなりに理由があるはずだ。

彼女は俺の問いを受け、落ち着かない様子を見せつつも口を開いた。

「実は、その……ま、満足できないんだ」

「えっ？」

「満足できないんだ。自分で自分を慰めても、その……」

ぼう然としている俺を前にセシリアは話を続ける。

「今まではよかった、元々男を知らない身だから催しても適当に処理していた。けど昨夜、タチアナの乱れた声を聴いて、身が震える思いだった。世の中にはそれほどまでの快感があるのかと！　私もあちこち旅をしている生活だから知識こそ色々あるが、その、実践する機会がなくてな……」

「なるほど……」

つまり、知識ばかり溜め込んで耳年増になってしまったが、実際のセックスの様子を間近で聞いて自分の常識を粉々にされてしまったと。

もう普通にオナニーするだけでは、満足できなくなってしまったということか。

「だから、ジェイク……頼む、私を抱いてくれ！」

「いや、いくらなんでもそれは……俺にはタチアナさんもノエルもいるし」

「では、そのふたりの了承があればよいのか？」

「……なんだって？」

俺が驚いている間にも、セシリアは横にある机の引き出しから一枚の紙を取り出す。

そして、そこにはタチアナさんとノエルの文字で、セシリアを愛人とすることに了承する旨のサインがしてあった。

「なんだこれは……いったいなんだ!?」

俺の頭の中が混乱する。

いきなりこんなものを突きつけられて、思考がショート寸前だった。

そんな俺に対し、セシリアは淡々と説明をする。

「今日、ジェイクが仕事に行っている間にタチアナとノエルに相談させてもらったんだ。私が事情を話すと、ふたりは快く応じてくれたよ」

「……マジか」

「ああ。ノエルなんかは『精力旺盛なお兄さんの相手をずっとふたりでするのは大変だし、かと言って変な女に引っかかるのも怖いから、セシリアならちょうど良い』とかなんとか」

「おお、ノエル……でもあいつなら言いそうだな」

思い切りのいい彼女のことだから、一番に賛成したに違いない。

そしてふたりから説得されれば、タチアナさんも折れてしまうだろう。彼女も葛藤しただろうけれど、セシリアに必死な様子でお願いされれば断り切れないような気がする。

「分かった、ふたりがそう言っているのなら俺は受け入れる」

「そうか！　ああでも、ジェイク本人が乗り気じゃないならいいんだぞ？」

「まさか、セシリアほどの美女を前にして、好みじゃないなんて言えないよ」

「ッ！　そ、そうか、ははは……」

問いに対してそう返すと、彼女は再び顔を赤くして笑った。

実際セシリアはビックリするほどの美女だ。ちょっと気の強そうなところは好みが別れるだろうけど、天が二物を与えたというのは彼女のことだろう。

「そうとなれば、ゆっくりしていられないな。さあ、ジェイク！」

「えっ、ちょっ、今から!?　くっ！」

俺はそのままセシリアに引っ張られ、ベッドの上に放り出された。

そして、彼女も後を追うように上がってくる。

その目は期待と興奮で満ちており、俺はまな板の上の鯉のような状態だ。

逃げようと思えば逃げられるが、さすがにそれはセシリアがかわいそうだな。

「セシリア、俺はまだ体も洗ってないんだが……」

「いつも血に濡れている冒険者が、そんなこと気にすると思うか？　すぐに君を味わわせてくれ！」

完全に興奮した様子の彼女は、そのまま俺の服を脱がしにかかった。

「あっ、おいっ！　ちょっ……くぅ！」

俺は瞬く間に服を脱がされてしまい、下着一丁にされてしまう。

セシリアも同じように自分の服に手をかけ、全て脱がないまでも胸元や足を露出させる。

「セシリア……こうしてみると本当にきれいだな」

「ほ、本当か？　ジェイクに気に入ってもらえたなら嬉しい……」

ブルーベリーのような紺の髪色に、意志の強そうな……だが今は情欲に濡れている瞳。

胸元は大きく盛り上がり、タチアナさんほどではないけれど、十分以上に大きなサイズだと分かった。大きな胸の下には冒険者として持つ引き締まった腹回り。それに、ほどよく肉がついて揉みやすそうなお尻に太もも。

それらが合わさって、見事なプロポーションを形作っていた。

彼女自身が興奮していることもあって、一層淫靡に見えてしまう。

「セシリア、興奮してる？」

「ああ、すごく興奮しているよ……誰かに見られているというだけでも」

いつも落ち着いている彼女が、こうも感情的になっているのは珍しい。

それに、こんなふうになるとは想像もできなかった。

彼女はそのまま発情した様子で俺の下半身に取りつき、いよいよ最後に下着を脱がす。

「いよいよ……ゴクッ」

セシリアが期待に息を飲み、いよいよ肉棒が露になった。

彼女の魅力的な肢体を目にしたそれは、すでに固くなっている。

「ひゃっ！　あ、ぅあっ……これが男の……」

本物の肉棒を目にしたセシリアは、完全に固まっていた。

視線は肉棒に向かって固定され、手も動かせていない。

「セシリア、じっとしてたら始めらないぞ。今はセシリアから誘ってきたんだろう？」

「わ、わかってる！　まずは手で……」

ゴクッと息をのんだ彼女は、右手で肉棒に触れた。

「あ、熱い！　男のものはこんなに熱いのか!?」

一瞬驚いたようだが彼女の好奇心はなくならず、さらに積極的に肉棒へ触れていく。

最初は指先だけだったのが徐々に大胆になり、やがて肉棒全体を撫でるように愛撫し始めた。

「すごい、手の全体に、ドクドクって動きと熱さが伝わってくるっ！」

セシリアはいっそう興奮した様子で笑みを浮かべた。

「ジェイク、もっと触ってみていいか!?」

「あ、ああ……うっ！」

彼女の勢いに押されて頷くと、すぐに刺激が触れた。

セシリアは両手で硬くなった肉棒を握り、ゆっくり上下に動かす。動きはぎこちなかったけれど、剣を握っているとは思えないほど柔らかい手の感触に、否応なく興奮が高まった。

「うぁ、ビクビクしてる……ジェイク、気持ちいいのか？」

少し緊張したセシリアの問いに、俺は頷いた。

「ああ、気持ちいいよ。でも、もっと勢いがあってもいいかな」

「分かった、ならそうしよう。私のわがままに付き合ってもらうんだから、ジェイクにはそれだけ気持ち良くなってほしいんだ」

そう言うと、彼女は言葉どおり手の動きを激しくする。

動かしている内に、力の入れ具合や指の動かし方も巧みになっていった。

「くっ……セシリア、どんどん上手くなってるよっ」

「ふふ、そうだろう？　昔から物事を覚えるのは早い性質なんだ」

俺の息がだんだん荒くなってくると、彼女は得意そうに笑った。

そして、今度は肉棒から手を放すと自分の体を寄せ、その豊満な胸で包み込んでしまう。

「んっ！　実は、こういうこともしてみたかったんだ。どうだ？」

「おぉ、これもなかなか……」

手コキほど刺激はないものの、柔肉の谷に挟まれる感触は、他に替えられない気持ち良さがある。

真っ白な乳肌と、そこから突き出た肉棒はなかなかインパクトがある。それに加え、手でされるよりも女性の体を使って奉仕されている感覚が強く、背徳感が高まってしまった。

「んっ、さすがに全部は包みきれないか。タチアナくらいの大きさがあれば……あるいはノエルとふたりでやれば別だろうけど」

セシリアがそんなことを言うので、思わずその場面を想像してしまい肉棒がさらに硬くなる。

「あぅ、また……もう鉄みたいに硬いぞ……」

胸の谷間に収まっている肉棒を見下ろしながら、熱い息を吐くセシリア。

彼女もまた、直接愛撫されているわけでもないのに、かなり興奮しているようだ。

「セシリア、そんなに奉仕するのがいいのか？」

「ああ、いつも頭の中だけのことだったんだ。こうして実際に男性と触れあっているだけでも心が躍るよ。それに、ジェイクは私の拙い奉仕でも興奮してくれる」

そう言いながら、嬉しそうに表情をほころばせるセシリア。

彼女にとっては、今の状況こそが長く待ち望んでいたものだったんだろう。

「それはよかったな……あ、くっ！」

ただ、彼女は満足していても、俺のほうは与えられる快感に刻一刻と興奮を募らせてる。

確かにセシリアの願いを叶えるというのも重要だけれど、やられっぱなしでは男としての沽券に関わるという思いもあった。

「セシリア」

「どうしたジェイク？」

彼女は豊かな乳房でふよふよと肉棒を愛撫しながら、楽しそうな表情でこっちを見た。

「そろそろ我慢できなくなってきた」

「……えっ？　それは、どういう……」

一瞬きょとんとした彼女に、俺は言葉を続ける。

「まさか、一方的に好きにして終わるつもりなのか？　さすがにそれはないだろう」

俺はセシリアの肩を掴むと、ベッドの上に引き上げた。

「きゃっ！　な、何をするんだ！」

女の子らしい可愛らしい悲鳴を上げて、シーツの上に倒れる少女。

俺のほうを見る目には、先ほどとは違い動揺が宿っていた。

強力なモンスターを前にしても怯まない胆力を持ち、普段の口ぶりも実年齢以上に大人びたところがあるけれど、実際は俺と変わらない、まだ二十にもならない女の子だ。

こうして見下ろしてみると、それがよく分かった。

「わ、私を犯すのか？」

セシリアは確かに動揺していたけれど、同時に隠しきれない期待感もにじませていた。俺とタチアナさんのセックスを聴いて興奮していたというから、男に犯されることにも興味があるんだろう。

「ああ、そのつもりだよ。一応聞いておくけど、誰かのために純潔を守っておく気とかは？」

「そんな相手はいない。確かに声をかけてくる男もいたが、私の強さを目にすれば、ついていけないと離れていったよ」

そう言って、自嘲気味に言うセシリア。

緊張はしているものの、どうやら心は決まっているようだ。

「そういう意味では、ジェイクに出会ったのは運命的だな」

「そう言ってもらえると光栄だよ。じゃ、始めようか」

会話でセシリアの緊張がほどけてきたのを見計らい、俺は彼女の足を掴む。

そのままグッと押し広げると秘部が露になった。

「あっ……や、やはり覚悟していても恥ずかしいなっ」

セシリアが自分の下半身を見て顔を赤くしている。

ベッドの上に投げ出された手は、ギュッと握りしめられていた。

それを横目に腰を前に進め、肉棒を入り口に押し当てる。

「あっ……」

「だいぶ濡れてるようだし、このままでも大丈夫そうだな。入れるぞ」

最後に確認するように目線を向けると、セシリアは頷いた。

「ジェイク、きて……んっ、ぐっ、ひゅううっ！」

ぐっと腰を押し進めると、肉棒が膣内に沈んでいく。

案の定、処女の中はかなり狭かったけれど、愛液がたっぷりなおかげで何とか挿入していけた。

「はっ、ぐっ、あぁっ……んっ、はぁあっ！」

肉棒が奥に進むごとに、セシリアの悲鳴が聞こえる。

それでも、ここで止めては苦痛を長引かせるだけだと思い、一気に奥まで突き入れた。

「あぎっ……あぁぁぁっ!!」

その瞬間、彼女の手がギュッとシーツを握り込む。

「セシリア、もう全部入ったぞ」

「はっ、はぁっ、ふぅぅっ……初めては痛いって聞いたけど、これは少し想像以上だった……」

セシリアはだいぶ息が荒くなっているけれど、どうやら峠を越えて落ち着いたらしい。

中に入っている俺のものを確かめるように、片手で下腹部を撫でた。

「ここに……さっきまで触れていたものが入っているんだな……少し苦しい感じはするが、大丈夫だ」

さすがトップクラスの冒険者、体のほうも頑丈らしい。

そういうことなら、遠慮せずに動いてもいいだろう。

セシリアもそれを望んでいるだろうし。

「じゃあ動くぞ！」

彼女の腰を両手で掴み、ゆっくり動かし始めた。

キツい膣内を愛液の滑りで無理やり動くと、激しい刺激が生まれる。

「あっ、うくっ！　はぁっ！　体の中で動かれるのは変な感覚だなっ……ふぅっ！」

セシリアは、もうほとんど痛みを感じていないようだけど、快感もそれほど感じているわけではないようだ。けれど、さっきまでしっかり興奮していたのは事実。

もう一度熱を取り戻させてやるのは、そう難しいことじゃない。

「さすがにまだ中は鈍感みたいだから、こっちを弄ってみるか」

軽く腰を動かしつつ、俺はセシリアの胸に手を伸ばした。

腰の動きに合わせて揺れる巨乳は、仰向けになってもそれほど垂れず、綺麗な形を保っている。

「なっ!?　ジェイク、そこは……あうっ、んんっ！」

彼女の制止は無視して、そのまま愛撫を始めた。

両手で優しく揉むようにしながら、頂点にある乳首を指先で擦る。

「ひゃうっ、あんっ！　じ、自分でするのと違うっ……!?」

初めて他人からされる愛撫に、セシリアは困惑しているようだ。

それでも胸元から与えられる快感は慣れたもので、彼女の体を興奮状態に戻していく。

膣内にも新しく愛液が溢れ、腰も動かしやすくなった。

「ひうっ！　ま、また動きがっ!?　体の奥が貫かれてるみたいだっ！」

「その感覚が、だんだんよくなってくるはずさ。それまでは慣れたこっちで存分に感じてもらうよ」

そう言いながら俺は前かがみになり、揺れる乳房にキスする。

そのまま舌を伸ばして、乳首にも触れた。

「あひっ、きゃうぅ！　それダメッ、やぁぁっ！　気持ちよくなるっ！」

「ダメじゃないだろう？　こんなに硬くして、感じてるじゃないか！」

舌で刺激した乳首は、指でされているときより一回りも大きくなっているように見える。

それでもまだ可愛いサイズだが、自分の愛撫で目の前の女騎士が感じているのを見るのは、気分がよかった。自然と腰の動きも速くなり、彼女の中をより深く犯していく。

「な、舐めるのはダメだっ、ダメッ……止めろって言ってるのにぃっ!!」

「うぷっ」

前のめりになり胸を吸っている俺の頭を抱えるように腕を回す。おかげで自由に頭を動かせなくなってしまったが、逆に顔全体が柔らかい感触に包まれて幸せな気持ちになる。

「はぁはぁ……うぅっ!?」

この、一旦落ち着こうかと思ったとき、唐突にセシリアが呻くような声を上げた。

「セシリア？」

「ま、待って、動くなジェイク……！」

「セシリアお前、まさか……」

「あっ、ああっ!?　待てっ、待て待てっ！　何か変なんだ、ぶわって熱いものが昇ってきて……うひぃぃっ!?」

試しに腰を動かしてみると、案の定、彼女は嬌声を上げた。

「どうやら、鈍感な部分がもう目覚めたみたいだな？」

「こ、これがセックスの感覚なのか？　体がカッと熱くなって……我慢できないほどの気持ち良さが流れ込んでくるっ！」

全身を火照らせながら、快感に耐えかねたように足を閉じようとするセシリア。

けれど間に俺の体が入っているから、そうはいかない。

「ようやく出来上がり始めたんだ、まだまだ楽しませてやるよっ！」

セシリアは、あの夜のことを切っ掛けに気持ちが抑えられなくなったという。なら、そのとき並の快楽は与えてやらないとな。俺は彼女の右足を体の前で抱えるように体勢を移した。

「あっ、うぁっ!?　な、なかでねじれてっ……！」

「どうだ、これなら足は閉じれないだろう？　それに、深くまで繋がれるんだ」

互いの足が交差する形になって、より深くまで肉棒が入っていく。

彼女の足を抱えてしっかり股を開かせると、思い切り腰を打ちつけた。

たっぷりの愛液で肉棒はすぐに最奥までたどり着き、子宮口を叩く。

「ひぁっ、きゃうううううっ!?　なにっ、なにがぁっ!?」

突然の刺激を受けたセシリアは、目を白黒させていた。

それでもしっかり嬌声を上げているあたり、感度のほうは上々らしい。

「なら、あとは限界まで連れていってやるだけだ！」

「ジェイクッ！　待て、待って！　それ、奥まで当たるっ、入ってくるからっ……あうっ、いぁっ、くううぅぅぅぅっ!!」

セシリアは快楽に耐えるように歯を食いしばり、シーツをクシャクシャになるまで握りしめる。

「くっ、中も締めつけてきたか！」

俺に犯されるのも少し慣れてきたのか、膣内もされるがままでなく反応し始めていた。

肉棒がピストンするのに合わせて、締めつけを強めたり緩めたりと緩急をつけて刺激してくる。

まだノエルやタチアナさんほど慣れていないが、さっきまでただ単にキツかったのに比べれば、天と地ほども気持ち良さの違いがあった。

「セシリアの中、搾り取ろうと締めつけてるぞっ！」

「し、しらないっ！　私はそんなこと……ぎゅうっ、ひぃぃぃぃぃぃっ！　あひっ、あうぅぅ！」

どうやらセシリアのほうは、初めてで俺を受け止めるので精一杯らしい。

今は俺が最後までリードしてやる必要がありそうだ。

「どうだ、これが望んでたセックスだ！　気持ちいいだろう？」

そう問いかけると、精一杯な状況の彼女もわずかに頷いた。

「気持ちいいっ！　こんなの、今まで味わったことがない……気持ち良すぎて体がバラバラになりそうだっ！」

こちらを見るセシリアの目は蕩け、いつもの鋭い表情は跡形もない。

完全にセックスの快楽にやられてしまったらしいな。

「いい表情だ。もうすぐイキそうだろう？　そのまま一番いいところまで連れていってやる！」

抱えている足を引き寄せ、いっそう深く腰を打ち込むと、セシリアの全身が震えた。

「あっ、かひゅうっ！　いやっ、奥ゴツゴツしないでっぇ！」

「ここが一番感じるんだろ？　見ていれば分かる。もう途中で逃がさないぞ！」

実を言えば俺も、さっきのセシリアの愛撫でかなり限界だった。

だんだん気持ち良さを増してくる膣内を相手に、これ以上我慢できない。

最後に思い切り体重をかけながら、今一度セシリアの最奥に肉棒をねじ込んだ。

「イクぞ、出すからな！　セシリアも一緒にイかせてやるっ!!」

「イッ、イクッ！　イかせてっ！　ジェイクも一緒に……全部受け止めさせてくれえええぇぇぇっ!!」

初めて快感に目元を潤ませ、全身を硬直させせながらセシリアが絶頂する。

「ひうっ、ひゃっ、あああああぁぁぁあああぁぁぁっ!!　溶けるっ、体溶けるぅぅっ……！」

ビクビクッと震える女体の中で、肉棒が膣内に精液を吐き出していた。

一度震えるごとに真っ白な子種が噴出し、セシリアの膣内はおろか子宮の中まで犯していく。

「あ、はぁっ……うぅっ……」

「はぁっ、はぁはぁっ……や、やっちまったな……」

絶頂で意識を朦朧とさせているセシリアを前に、俺はため息を吐く。

一応タチアナさんとノエルに許可は取ったという話だけれど、一度冷静になると、なんだかよくない気がしてきた。だが、そんな俺の気持ちなどくみ取る気がない奴が目の前にいる。

「はぁ、はふっ、あははっ……ジェイク、もっとだ、もっとしよう！　一晩中、ふたりで気持ち良くなろう？」

そこには、楽しそうな笑みを浮かべたセシリアがいた。

意識を取り戻したのか、いや、半分正気を失っているのか？

どちらにせよ、彼女が完全にセックスにハマってしまったのは間違いないようだ。

「お、おい！　少し落ち着いて……うわっ！」

「今度は私が動くからな……んうっ、ああっ！　あはっ、気持ちいいぞジェイクッ！」

俺を押し倒したセシリアは、そのまま騎乗位の体勢で腰を振り始める。

彼女相手に中途半端に力を振るう訳にもいかず、そのまま一晩中饗宴は続くのだった。

第四章　決着と再びの平穏

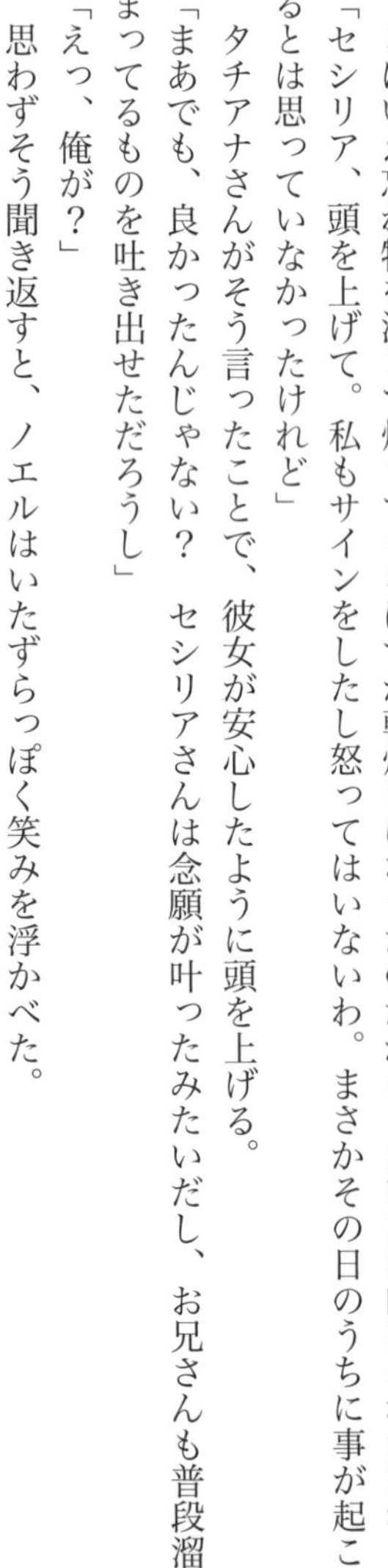

「昨晩は本当に申し訳なかった！　このとおりだ！」

目の前でセシリアが深く頭を下げていた。

場所は俺たちの家のリビングだ。

もちろんふたりだけじゃなく、タチアナさんとノエルも一緒にいる。

幸運にも俺は、ふたりに昨晩のことを追求されずに済んだ。あのサインは本物だったらしい。

とはいえ忘れ物を渡して帰ってくるはずが朝帰りになったのだから、白い目は向けられたけれど。

「セシリア、頭を上げて。私もサインをしたし怒ってはいないわ。まさかその日のうちに事が起こるとは思っていなかったけれど」

タチアナさんがそう言ったことで、彼女が安心したように頭を上げる。

「まあでも、良かったんじゃない？　セシリアさんは念願が叶ったみたいだし、お兄さんも普段溜まってるものを吐き出せただろうし」

「えっ、俺が？」

思わずそう聞き返すと、ノエルはいたずらっぽく笑みを浮かべた。

「セシリアさん、昨日は結局何回したの？」

「い、言わなきゃダメか？　ふぅ……膣で五回、口で二回、手で二回、胸で一回だったか」

少しだけ顔を赤くしながらも、正確に回答するセシリア。

昨晩はかなり乱れているように見えたけど、さすがに冒険者だけあって常人以上に体力があるということか。それを聞いたノエルの笑みが深くなった。

「やっぱり、体力のあるセシリアさん相手だから、お兄さんも張り切っちゃったんじゃない？　あたしとお姉ちゃんだと、ふたりがかりでようやくだもんね」

「……俺は別に不満を持ったことなんてないぞ？」

確かに無尽蔵と言える体力を持つ俺は絶倫でもあるけど、毎晩五回も六回もしなくちゃいけないってほど盛ってもいないと思う。

ふたりを相手に、無理強いしたこともないはずだ。

「でも、昨日は満足できたんじゃない？」

「む……」

確かにそう言われれば否定し辛い部分もある。

昨夜は燃えるべきものが燃え切ったようで、すっきりしていた。

「あたしもお姉ちゃんも、お兄さんに我慢させたい訳じゃないけど体力の問題もあるしね。セシリアさんとは、いい関係を築きたいって思ってるんだよ！」

「そうか、俺は幸せ者だな」

ちょっと恥ずかしいけれど、普通はここまで自分のことを考えてもらえないだろう。

改めてタチアナさんとノエルのふたりに感謝する。

そして彼女たちがこれからも同じように関係を続けていきたいというとセシリアも、隠し切れない様子で喜んでいた
とはいえ、彼女も冒険者だからずっとこの村に留まるという訳じゃない。

件の悪魔を倒したら、またどこかに行くだろう。

貴重なSランク持ちの冒険者は、引く手あまただろうしな。

そのとき、体に抱えた欲望をどうするのかは少し心配だった。

「では、私はそろそろ遠慮させてもらう。今日こそ本格的に悪魔の足取りを探し始めないといけないからな」

そう言うと、セシリアはすっきりした表情で家を後にした。

リビングに残されたのは俺と姉妹だけ。

雰囲気は穏やかだったが、ふたりとも俺のほうをじっと見ている。

最初に口を開いたのはタチアナさんだった。

「ジェイク君、昨晩は十回もしたんですって？　凄いわね」

「あたしとお姉ちゃんで頑張って何回だったっけ。分かってたけど、セシリアさんひとりに負けるのはちょっと悔しいよね！」

「そうねノエル。わたしたちは正妻なんですもの、少しは意地ってものを旦那様に見せつけないと」

「お、おい？」

ふたりの会話に怪しいものを感じた俺は、咄嗟に立ちあがろうとする。

けれど、いつの間にか伸ばされた手で服の襟をつかまれていた。

「ある程度時間も経ってるし、一回くらいは出来るよね。お兄さん？」

「今日はお仕事、お休みのはずよね？　ふふ、逃がさないわ」

ふたりに迫られた俺は、もうどうしようもない。

そのまま立ち上がったふたりに引っ張られ、寝室へ連行されてしまうのだった。


「はむっ……じゅるっ、じゅるれろっ！」

「ペロッ、れろれろ、ちゅうううっ！　はむはむっ！」

寝室のベッドの上で真っ裸になり、横になっている俺。

その股間に美人姉妹が顔を寄せ合っていた。

ふたりともすでに服は身に着けておらず、白い肌と魅力的なスタイルの肢体をさらけ出している。

それを見ているだけでも興奮してしまうが、下半身から甘い刺激が絶えず襲い掛かってきていた。

「んむ、ちゅうっ！　お兄さんのおちんちん、もうガチガチだね」

「ええ、熱くて硬くて、熱した鉄みたいね。やっぱりふたりですると興奮するのかしら？」

互いに向かい合ってフェラしているふたりは、いかにも楽しそうな表情だった。

けれど、俺のほうはたまったものじゃない。

元々テクニックのあるノエルと、ここ最近急速に上達してきているタチアナさん、ふたりのフェラチオ奉仕。

それを同時に受けるなんて、いくら何でも我慢しきれるはずがなかった。

「ふたりとも、頼む、そろそろ……！」

こっちはもう三十分以上フェラされっぱなしなんだ。

普段なら天国のような奉仕だけれど、こうも焦らされると地獄のようだった。

巧みな舌使いに暴発してしまいそうになると必ず動きを止め、落ち着いてきたころにまた刺激を再開する。おかげで肉棒はふたりの唾液と、絶え間なく溢れ出る先走りでベタベタだった。

興奮しては沈静化しての繰り返しで、これ以上我慢させられたらおかしくなりそうだ！

思わず歯を噛みしめると、ふたりと目が合った。

「うぅん、そろそろいいかな？」

「ええ、ジェイク君も気持ち良くなってきたみたいだし、次は私たちね」

彼女たちはそう言うと体を起こし、俺の上にまたがった。

腰にはノエルが跨り、痛いほど勃起した肉棒に股間を押し当てるようにする。

「くっ……！」

濡れた肉棒と秘部が擦れて激しい快感が襲ってくる。

けれどノエルは素股のようにしっかり腰を動かすことはなく、焦らすように揺らす程度。

一方、タチアナさんはといえば、俺の顔を跨いでいた。

興奮で濡れた秘部が近づき、息をするだけで濃厚なフェロモンに頭がやられてしまいそうになる。

「ちょっ、タチアナさん!?」

「わたしは一昨日してもらったから、今日はノエルに譲ることにしたの。代わりにジェイク君は手でわたしを楽しませてくれるかしら？」

こちらも、いつもならしないような悪戯っぽい笑みを浮かべている。

どうやら譲る気はないようだ。

「……分かったよ」

こうなったらもう、全力で受け止めるしかない、
俺は覚悟を決めて全身から力を抜き一息つく。

それを見た姉妹も、向き合ったまま腰を下ろしてきた。

肉棒がノエルの中に挿入されていくのと同時に、タチアナさんが顔に秘部を押しつけてきた。

「きゃんっ！　はっ、ふぅっ！　お兄さんのっ、一気に奥まで入っちゃったよっ♪」

「んっ、こっちも跨っちゃったわ。ちょっとイケナイことをしてる気分ね」

「いいのいいの、お兄さんにはいつもやられてばかりだから、たまにはお返ししないとねっ♪」

いつもどおり機嫌が良さそうなノエルと、こちらも少し楽しそうなタチアナさん。

一方の俺は、上半身も下半身もふたりの嫁にのしかかられて、息苦しいことこの上なかった。

「うぷ、ふっ、はぁっ！　ふぅ……」

お尻を掴んでなんとか息をするが、下半身のノエルはさっそく好き勝手に動き始めていた。

「んっ、あんっ！　はぁはぁ……こうやって自分で動くと気持ち良さも調節できていいねっ！」

俺の腹のあたりに手を置き、リズミカルに腰を上下させるノエル。

パンパンという小気味良い音と共に、肉棒が彼女の中でピストンした。

今さっきまでしていたフェラで興奮は高まっていたのか、ノエルの膣内の濡れ具合は十分。

ひと突き目から最奥まで飲み込まれ、そのまま大きな動きで扱かれている。

「ふっ、はぁ……ノエルの中もかなり慣れてきたな。相変わらず狭いけど気持ちいいぞっ！」

体格差の問題か、膣で軽々と肉棒全てを飲み込むことはできない。けれど、何度も交わって開発された体が柔軟性を発揮し、ノエルが腰を下ろす度に根元まで飲み込んでいた。

「あんっ、ひぅっ！　腰動かす度にお兄さんのおちんちんが気持ちいいところに当たるよぉっ♪」

騎乗位にも慣れてきた様子のノエルは、その調子でどんどん腰を振り始める。

ピストンの速度も徐々に上がり、興奮の溜まり具合も多くなってきた。

「ノエルはさすがに容赦がないなっ」

「でも、お兄さんもあたしとのセックス気持ちいいでしょう？　お姉ちゃんと違って、まだ成長の余地があるから、これからもますます、お兄さん専用に気持ち良くなってくよ？」

「なっ……わざとらしく言いやがって……！」

興奮し熱っぽい息を吐きながらも、挑発するような口調で言うノエル。

悔しいけれど、そんな言い方をされたら興奮せずにはいられなかった。

心の中の征服欲と独占欲が刺激され、ますます肉棒を硬くしてしまう。

「ひゃうんっ！　あはっ、またあたしの中で硬くなってるっ♪　いいよ、もっと気持ち良くなって
お兄さんっ！」

俺の反応を感じたノエルは、嬉しそうに腰を動かし続ける。

一方、タチアナさんも自分を忘れるなとばかりに腰を押しつけてきた。

「ジェイク君、ノエルとのセックスもよいけど……その、わたしもね、仲間外れにされると悲しい
わよ？」

さすがに男の顔に自分の腰を押しつけるのは初めてなのか、声が緊張している。

けれど、秘部のほうは正直なようで、すでに蜜で濡れていた。

「もちろん、タチアナさんをひとりにはしないよ。それに、目の前にこんな素敵なものが差し出さ
れたら弄らずにはいられないしねっ！」

「んっ、きゃうっ!?」

俺は目の前の秘部に手を伸ばし、ゆっくり人差し指を挿入していった。

濡れ具合はノエルのほうが強かったが、それでも指一本くらいは簡単に飲み込んでいく。

「はうっ、あぁ……ジェイク君の指が中にっ……入ってくるところ見られてるっ！」

上体を反らし、ベッドについていた彼女の手がシーツを掴む。

真っ白な布にシワが出来るのと同時に、挿入した指も締めつけられた。

「うわっ、相変わらずタチアナさんの中は奥行きがあるけど締めつけも強いな……指で感じてるだ
けでも興奮するほどエロいよ」

ピクピクと動きながら指を締めつける動きは健気で、愛らしさすら感じてしまう。

それに、いつもは見えない秘裂の敏感な動きに目が離せなくなっていた。

「もっと弄れば可愛く反応してくれるかな？」

濡れ具合が十分なのを確認すると、俺はもう一本指を挿入した。

「んくっ！　また、中に入ってくるっ……ジェイク君の指が二本も奥まできてるわっ！」

「でも、さすがに指じゃ一番奥まで届かないね。代わりに中ほどや入り口をたくさん刺激してあげるよ！」

俺は二本の指を抜き差ししながら、膣内で指同士を絡ませたり広げたりと動かす。

「あひゅぅぅっ！　ダッ、ダメよっ、こんなの知らないわっ！　中でグニグニ動いて、いつもと違うのっ!!」

複雑な指の動きに大きな嬌声を上げ、身を震わせるタチアナさん。

肉棒では不可能な、複雑な動きで感じてもらえたようだ。

俺は自分の手管で彼女が喘ぐのを見て喜びつつ、もう一枚カードを切る。

「タチアナさん、これだけで悦んでたら後が続かないよ？」

下半身から継続的に送られてくる快感に耐えながら、俺はタチアナさんの腰に手を回して引き寄せた。そして、間近になったそこに舌を這わせる。

「いっ、ぅあぁっ!?　なに、今のはっ……？」

唐突にアソコを舐められたタチアナさんは、悲鳴と困惑の混じったような声を上げた。

「まさか……わたしのアソコを？」

「たっぷり蜜で濡れてたからね。もっと舐め取ってあげるよ……んぇっ」

「うっ、あぅぅっ！　やめっ、待ってっ！　そんなの汚いからっ……あっ、きゅぅぅぅぅっ!!」

どうやら手で愛撫されるのは承知していても、まさか舐められるとは思っていなかったらしい。色んな意味で物知りなノエルならこうなることも知ってただろうけど、あえて教えなかったなあいつ。

(まあ、そのお陰でタチアナさんの可愛い声が聴けそうだし、結果オーライだな)

タチアナさんは咄嗟に腰を上げようとしたけれど、俺の腕がそれを許さない。

「逃げるなんていけないな……お仕置きにもっと激しくやるっ！　じゅるっ、くちゅるっ！」

「きゃうっ、ひぃっ！　待って待って待ってぇぇ！　舐めるのと一緒に指動かしちゃっ……きっひゅううぅぅっ!!」

舐めるだけじゃなく挿入している指も同時に動かすと反応は劇的だった。

あまりに快感が強かったのか、ガクガクと腰を震わせるタチアナさん。

けれど、快楽で力の抜けている彼女くらい腕一本で余裕で押さえられる。

結局俺からは逃げられず、モジモジと腰を動かしながら、時折強くなる快感の波に腰を震わせることしかできなくなってしまった。

「気持ちいい、気持ちいいのっ！　ジェイク君にわたしの頭の中をトロトロにされちゃうっ！」

「そうだ、もっとトロトロに気持ち良くなってるところを見せてよタチアナさん。今日は正真正銘三人きりなんだ、恥ずかしがることはないでしょう？」

そう言うと、相変わらず腰を振っているノエルも賛同するように口を挟んできた。

「あっ、はぁぁっ♪　そうだよお姉ちゃん、恥ずかしがってないで一緒に気持ち良くなろう？」

「ノエルまで！　で、でも……」

「なら、あたしも少し手を貸してあげるよ！」

未だ煮え切らない様子のタチアナさんに、ノエルが思い切った行動をとる。

俺の体に置いていた手を上げ、何やらタチアナさんを弄り始めた。

「ひゃっ!?　な、何するのノエル！」

「何って、この大きなおっぱいを揉んでるんだよ。ほんと、どうしてこんなに大きくなったのかな。あたしも人並み以上には大きいけど、これは規格外だよねぇ」

「んんっ、待って、そんないやらしい触り方……あっ、ひぅっ……んくぅっ！」

タチアナさんの声に段々艶っぽいものが混じり始める。ノエルの愛撫で感じているらしい。

「ふふっ、舐めちゃおっと……れろ、ちゅうっ……ちゅむっ！」

「あうぅぅっ!?　ノエルッ、それだめっ……あぁっ、ひうっ……んくぅ、はぁぁんっ！　やっ、乳首噛むのだめえぇぇっ！」

敏感な乳首まで舐められてしまい、ゾクゾクと背筋を震わせる。

とっさに自分の指を噛んで悲鳴を押し殺そうとするけれど、その前にノエルが敏感な乳首を甘噛みしたことで部屋中に嬌声が響き渡った。

秘部からもトロトロと愛液が漏れ出てきて、俺の顔にかかる。

実の妹に愛撫され、タチアナさんがそれに感じてしまっているということに背徳感が強く刺激される。

「……ふたりともエロいよ、最高だ。ノエルにはご褒美が必要かな？」

興奮に口元を緩ませながら、俺は今まで動かさなかった腰を突き上げた。

「んきゅぅっ！　はうっ、お兄さんも動くの？」

「いつまでもノエルに動いてもらってばかりじゃ悪いからね」

「ふふ、じゃあ自分で動くのは緩くして、お姉ちゃんのほうをもっと弄っちゃおっと！」

「えっ？　ま、待ちなさいノエル……ひくっ、んきゅぅぅっ！　待って、あっ、乳首らめぇぇっ!!」

生憎下からは見えないけれど、重そうな胸を愛撫されて感じているタチアナさんを想像するといっそう興奮した。

そのまま三人で交わり続けていると、いよいよ溜まった興奮が溢れそうになってくる。

「んひゃうっ！　お兄さん激しいっ、あたしもうイキそうだよっ！」

「ひぐっ、あぁぁぁっ！　ダメッ、おっぱい強くしないでっ……ひぃぃぃんっ!?　ジェイク君もダメエエッ!!」

俺に突き上げられているノエルが嬌声を上げ、タチアナさんも俺とノエルの両方から責められて限界なようだ。

俺自身、ふたりとの3Pを楽しんでいる現状と、ノエルが肉棒を締めつけてくる快感で興奮がのっぴきならないところまできている。

「あはっ、お兄さんのおちんちんも大きくなってるっ！　イキそうなんでしょ？　いいよ、あたしも欲しいからっ！」

「わたしも、わたしもイっちゃうっ！　胸もアソコも熱いっ、燃えちゃうくらい熱いのぉっ！」

ふたりも限界を訴え、俺もそれに応えるように腰を突き上げ秘部をすすった。

「じゅるっ……出すぞ、ふたりとも一緒にイけっ！」

両手でふたりの体を引き寄せ、そのまま興奮を爆発させた。

「いひゃああっ！　精液出てるっ、熱いのぉ！　イクッ、イックウウウゥゥウゥッ!!」

「イッ、イクッ！　ふたりにイかされちゃうのっ！　ひぎぃっ、あっ、ひゃあああぁぁっ!!」

俺が射精した直後、後を追うように絶頂するふたり。俺たちはしばらくその場で快楽の余韻に浸っていたが、タチアナさんとノエルはやがてベッドに倒れ込む。

「はぁ、はぁっ……酷い目にあったわ……」

俺とノエルの両方から責められたタチアナさんはさすがに疲れたようで、力なくぐったり横になっている。一方、ノエルはまだ動けるのか俺の横に移動してくると腕を絡ませてきた。

「お兄さん、今日も素敵だったよ♪」

「喜んでもらえて嬉しいよ。これで少しは機嫌も直してもらえたかな？」

「ふふ、まあ少しわね。お姉ちゃんも満足したみたいだし。いくらセシリアさんが美人だからって、向こうにばかり構わないようにねってことだよ」

ふむ、確かにセシリアは垢抜けた美少女だしな。

ずっと田舎暮らしのタチアナさんやノエルは、危機感を覚えたのかもしれない。

けど、あえてそんな心配は皆無だと言っておこう。

「俺はこの村にふたりと一緒に骨を埋める覚悟なんだ、フラフラとセシリアについて行ったりしないよ」

「ほんとう？　お兄さん、美人には弱いからなぁ……まあ、あたしが目を光らせておけば問題ないか。じゃあ、お休みお兄さん」

そう言ってはにかむと、ノエルはそのまま俺の腕を抱き枕にして眠ってしまった。

「……ふぅ、元の落ち着きを取り戻すためには、セシリアには早く悪魔を退治してほしいな」

そう呟いて俺も眠りにつく。

しかし、俺の願いは簡単に叶うものではないと、後日思い知らされることになるのだった。

◆　◆

半月後、俺が家の庭で薪割りをしているところにセシリアが飛んできた。

「ジェイク、大変だ！　また悪魔たちに村が襲われている。今度は反対側のウール村だ！　私ひとりでは手が足りない。すまないがもう一度助けてくれ！」

「なに、またか!?　くっ、なんでこんな辺鄙な村ばっかり狙いやがる……分かった、行こう！」

俺は斧を放り出すと、家にいたノエルに一声かけて飛び出していく。

ふたりで向かったウール村ではすでにインプたちが飛び交っており、村の中心部には見覚えのある魔法陣が敷かれていた。

「あれは……この前と同一犯か！」

「ああ、私もあれからいろいろ調べたが、あの魔法陣はここまで追ってきた悪魔が使うものだ」

「分かった、今は兎に角、魔法陣を破壊しよう！」

以前と違い冒険者がいなかったからか、まだ外に逃げ惑う人々の姿が見える。

けれど彼らを誘導するよりも、早く魔法陣を破壊しないと被害が増える一方だ。

断腸の思いで見送り、セシリアと一緒に魔法陣へ一直線に進んだ。

その後、なんとか俺とセシリアは魔法陣を破壊し、インプや他の悪魔たちも退治していった。

多少の怪我人こそ出てしまったものの、今回も運よく死者はなく、村長が代表してセシリアに礼を言っていた。そして村からの帰り道、彼女が話しかけてくる。

「ジェイク、実はここ数日の調査で、悪魔のおおよその居場所を掴んだんだ」

「ほう、そりゃ目出度い……いや、悪魔が村の近くに潜んでるってことだから良くはないか」

だが、これで今までのように受け身でいる必要もなくなった。

「私はさっそく明日にでも悪魔討伐に出発したいと思う。だが、一つ懸念があるんだ」

「懸念？」

セシリアは難しそうな顔をして続けた。

「前回、セクト村が悪魔に襲われてからいろいろ調べてみたんだが、どうやらこの周辺でいくつかの、隊商や村人の行方不明事件が起きているらしい」

「それが悪魔に関係があると？」

「ああ、察するに奴は、何かの儀式を行おうとしているんじゃないかと思う。その為の生贄集めだ。悪魔からすれば人間は生贄に最適らしい。そこそこの血肉を持ち、場合によっては金銀や魔力まで持っているからな」

生贄とは……だんだんきな臭くなってきたな。

「本来は村を襲って多くの生贄を確保するつもりだったようだが、私とジェイクで二度も計画を止めたから焦っているのだろう。次に何かやらかす前に、必ず仕留めたい」

「ふむ、そうなってくると俺も黙っていられないな」

見ず知らずの他の地域ならともかく、俺と家族の暮らす村やその近郊を荒されてはたまらない。

「悪魔討伐の件、俺も同行させてもらっていいか？」

「なに、ジェイクが!? それはわたしとしては心強いが……いいのか？　親玉である悪魔はインプどころかデスサイズデーモンとも格が違う強さだ」

どうやらこの真面目な女騎士は、民間人の俺を巻き込むことを躊躇しているようだ。

「何言ってるんだ、今さらだろう。それに、自分の家は自分で守らないとな」

「そうか、ありがたい。ジェイクがついていてくれれば百人力だ！」

嬉しそうに笑みを浮かべたセシリアに肩を叩かれ、俺も悪魔退治に同行することになった。

翌日、俺はタチアナさんとノエルへ、セシリアに森の中を案内すると言って出掛けた。セシリアと合流した俺は、そのまま彼女の指示に従って森の中へ。この奥に悪魔の住処があるらしい。

「悪魔の住処って、いったいどんなところなんだ？」

「このまま真っ直ぐ進んだところに湖がある。その対岸だ」

「湖か、確かにあそこには近寄ったことがなかったな」

そんなことを話しながら、俺は片手に持った斧を見下ろす。

今回は相手が相手ということで、武器になるものを持ってきた。

万が一のときは、投擲武器にもなるので便利だ。

そのまましばらく歩くと目的の湖に出た。

「あった、あそこだ」

セシリアが指さしたほうを見ると、確かに何か木造の建物のようなものが見える。

目を凝らすと、その建物の周りを数体のインプが巡回していた。

「どうやら間違いないらしい。よし、行こう。出来るだけ気づかれないように」

俺とセシリアは、そのまま静かに建物へ近づき見張りのインプを片付けた。

そのまま建物の正面に回ると、一気に突入する。

まさに邪教の教会といった雰囲気の内部には何列もの椅子が並んでおり、奥には髑髏が掲げられた祭壇があった。そして、その前に立った巨漢が、こっちを向く。

「フハハハハ、来たか小娘。俺を追ってこんなクソ田舎まで来るとはご苦労なことだ！　ちょうどいい、最近は魔法でモンスターを呼び寄せてそれを血肉にしていたが、久しぶりに手応えのある人間を狩りたくなった。お前で楽しんでやるよ！」

待ちかまえていたのは、常人にはありえない赤い肌と側頭部から生えた巻き角を持つ悪魔だった。背中にはコウモリのような黒い翼が生え、腰のあたりからは刺のある尻尾を生やしている。

（あれがセシリアの追っていた悪魔……それに、最近モンスターが増えていたのも奴らの仕業だってことか？）

悪魔と言われて最もポピュラーに想像される姿だったが、纏う威圧感はデスサイズデーモンとは比較にならなかった。しかし、それに向かい合っているセシリアに、怯える様子は見えない。

「とうとう追い詰めたぞ悪魔め……今日こそ成敗してくれる」

「ふん、俺は大悪魔ベリウムだ。地獄への土産に覚えておきな」

そう名乗ったが、向こうもこれ以上話しをするつもりはないらしい。片手を掲げると、そこに炎で出来た剣を生み出し襲い掛かってきた。

「死ねいっ！　お前を殺してその魂も食らってやるよ！」

「そんなことはさせない。貴様との決着、ここでつけてやる！」

すかさずセシリアも剣抜いて迎撃し、鍔迫り合いになる。体格差は歴然としているが、さすがSランク持ちの冒険者、セシリアはベリウムと互角に渡り合っていた。

「凄い、これが剣術を使う者同士の戦いか……」

俺はその様子を柱の陰に隠れて見ていた。今まで純粋に力同士の戦いしか見てこなかったから、こういう技と技がぶつかり合う戦闘は、スピードも繰り出される技も段違いだった。

剣が一振りされるたびに風が巻き起こり、周囲の椅子が吹き飛んだ。

だが、どちらかと言えばセシリアのほうが押しているように見える。ベリウムが苦い顔になった。

「ちっ、こいつ前より強くなってやがる！」

「人間は成長する。傲慢な貴様ら悪魔と違ってな！　はあああああっ!!」

「ぐぅぅ!?」

ついにセシリアの剣がベリウムに直撃した。

咄嗟に回避を試みたようだが、それでも胸元が切り裂かれて血が噴き出している。

「このままトドメを差してやるっ！」

油断せず剣を構えたセシリアが突撃するが、それを見たベリウムは懐から宝石のようなものを取り出して口に放り込んだ。

「叩き斬ってくれる！」

「させるかクソ騎士がぁっ！」

その途端、ベリウムの全身から炎が噴き出てセシリアを襲った。

「ぐぅっ!?」

さすがの彼女も突然のことにたたらを踏む。そして、相手の隙を見逃す悪魔ではなかった。

「勝つのは俺だぁ！」

炎の剣を振りかぶってセシリアを燃やし尽くそうとするベリウム。

さすがにこれは避けられそうもない。

「……そこまでだ！」

様子を見ていた俺は飛び出し、斧で炎の剣を受け止める。

さすがに素手で受け止めたら熱そうだ。持っててよかった薪割り斧。

「なにっ!?」

「ジェイク！」

俺はベリウムが驚愕している隙を見逃さず、そのどてっぱらに蹴りを加えた。

「ぐぶあああぁぁっ!?」

一発で巨体が吹き飛び、後ろにあった祭壇を粉々にする。

「ジェイク、すまない助かった」

ところどころ煤けているセシリアが立ちあがり、再び剣を構える。

「こっちこそ、本当はセシリアの仕事なのに横から手を出して悪かった。けどあの悪魔を倒せれば万事解決だ。やっちまおう」

「ああ、我々なら後れを取ることはあるまい！」

そんな俺たちの前に、傷だらけになりつつも起き上がったベリウムが立ちはだかる。

「ぐぅ……貴様、魂食いをして強化されたこの俺を一撃で吹き飛ばすとは何者だ!?」

魂食い……どうやらさっき口に放り込んでいたのは何かの魂らしい。悪魔らしいな。

「サイト村のジェイク。しがない村人だ。悪魔だろうがドラゴンだろうが、うちの村に手を出そうってなら容赦しないぞ」

「どうしてお前のような奴がこんなところにいるのか分からんが、警戒すべきはこっちのようだな」

さっきまで傲慢だった悪魔から見下すような雰囲気が消えた。嫌な予感がする。

「警戒なんかしたところで、貴様はここで終わりだ！　ジェイク、一斉に仕掛けるぞ！」

「おう、任せろ！」

互いに剣と斧を構え、突進しようとした俺たち。

そのとき、ベリウムが笑みを浮かべ鋭い牙をむき出しにした。

「小僧、まずはお前から殺してやる！」

奴が再び炎の剣を構えたそのとき、突如真後ろから強烈な衝撃を受けた。

「ぐはっ!!」

「ジェイク!?」

まるでトラックに吹き飛ばされたような衝撃に、踏みとどまれず吹き飛ばされ、半分崩壊した祭壇に突っ込む。そして、吹き飛んだ先にはベリウムが待ち構えていた。

「フハハハハ！　燃え尽きろ!!」

眼前に迫る炎の剣。

俺は……俺はそれに向かって思い切り拳を突き出した。

炎に触れた瞬間火傷を負ったが、それに構わず拳を振りきる。

すると、あのセシリアの剣とも撃ち合っていた炎の剣が、粉々に砕け散った。

「なっ!?」

「下がれベリウムッ！」

入り口のほうから声が聞こえた途端に、ベリウムが躊躇せず距離を置いた。

その隙にセシリアが近づいて来て、助け起こしてくれる。

「ジェイク、大丈夫か!?」

「ああ、なんとか……しかし、何が起こったんだ？」

少しフラつきながらも体を起こすと、入り口のほうにはベリウムに瓜二つの青い肌を持つ悪魔がいた。

「……双子？」

思わずそう呟くと、青ベリウムが獰猛な笑みを浮かべる。

「そのとおり、俺たちは元々ふたり一組の悪魔なのさ」

「なぜ気配が……」

あのとき、この建物の中には俺とセシリア、それに赤ベリウムの気配しか感じられなかった。

「ふっ、簡単なことだ。この部屋に無数にある椅子の一つに変身しただけさ。しかし、俺の全力を無防備な状態で背中に受けてまだ立ててるとは……お前こそバケモノか？」

「生憎と俺は普通の人間より頑丈なんだよ。ドラゴンに踏みつぶされたってピンピンしてるぜ」

と言っても、実際踏まれた経験があるのは骨となった竜、ドラコリッチだけだ。

相手が骨だけだったからそのままスルリと抜け出せたけど、生前のドラゴンだったら重さで逃げるのに手間取って、ブレスを浴びせかけられていたかもしれない。

「なに、ドラゴンだと？　そんなのははったりだ！　さっきのも何かトリックを使ったに違いない」

赤ベリウムが肩を怒らせながら俺を睨みつける。

人間相手に仕留めきれなかったのが、余程悔しいらしい。

今すぐにでもまた襲い掛かってきそうな雰囲気だが、それを青ベリウムが止めた。

「待て、さっきの俺の一撃は確かに直撃した。それでまだ生きてるのは、純粋に奴の生身の防御力が桁外れだからだ」

見た目こそ同じようだが、赤に比べて青は幾分冷静なようだ。

「落ち着け兄弟、俺たちには重要な計画があるだろう？　多くの生贄を集め、魔界にいたころの力を取り戻すんだ。こいつらの相手をしている場合じゃない」

「むぅ……今は仕方ない。お前たちは力を取り戻したら、真っ先に寸刻みにしてやる！」

最後にそう言うと、赤と青のベリウムは背後の扉を破壊し、背中の翼を広げて飛び去っていった。

「待て、お前たち……くっ！」

咄嗟に追いかけようとしたが、右足に強烈な痛みが走って思わず呻く。

「ジェイク、ダメだ！　まだ動くな！　私が体の様子を見てみるから！」

ここで無理をしてもいい結果にはならないと思い、セシリアの言うとおりにする。

そのまましばらく体をあちこち触られ、ようやく彼女が一息ついた。

「……ふぅ、とりあえず背骨や頭は大丈夫だ。けど、叩きつけられたときに足をぶつけて、骨を痛めたみたいだ」

見れば、痛みのあった右足が大きく腫れ上がっていた。

「いたた……こんな傷を負ったのは、あの双頭の鷲と戦って以来だよ。あのときは生まれて初めて死に物狂いで戦った」

「それは、まさかルーラーイーグルか？　あのバケモノと戦ったことがあるとは、つくづくジェイクは逸話に事欠かないな」

セシリアは一瞬驚いた表情を見せたが、その後は苦笑して治療に集中していた。

彼女が懐から取り出した青い液体が入った小瓶を渡され、それを飲むと一息つく。

「セシリアは驚かないんだな？　ノエルなんか目の玉が飛び出るほど驚いてたけど」

「私だって驚いてるさ。ルーラーイーグルは半年前、私の他に三名のSランク持ちの冒険者が共同でかかって撃退した相手なんだ。しかも四人の内ふたりは重傷で、ひとりは復帰したがもうひとりは未だにリハビリをしている。それをひとりでなんて、少し前までならふざけるなと怒ってたよ」

そう言いつつも、彼女は次にシップのようなものを取り出して患部に張りつける。

「うっ、ネチョッとしてる……これは？」

「マンドラゴラの薬効成分を魔法で抽出して作ったシップだ。強い回復魔法と同じ効果がある」

「魔法か……」

この世界にも魔法はある。俺自身、魔法というものに興味はあった。

けれど、能力があってもどうすれば魔法が発動するか分からず断念したんだ。少なくとも適当に魔力を動かしたり、呪文を唱えただけでは発動せず、結局殴る蹴るで戦うスタイルに落ち着いた。

村に魔法が使える人がいれば師事できたんだろうけど、世の中そこまで都合よくはいかないよな。

「ん、おぉ？　なんだか痛みが薄れてきたぞ！」

そのまま数分ほど待機すると怪我を負った足が温かくなり、痛みが引いていく感覚があった。

試しに足を動かしてみるが、やはりもう痛みは感じない。

それを見たセシリアが頷く。

「回復効果が現れたみたいだな。しかし、例え魔法が籠った薬でも骨折なら数日は動けないはずだ。やはりジェイクの能力は、私から見ても規格外だな。改めて思い知らされたよ」

「俺には過ぎた力かもしれないけどね。でもおかげで今まで村の平和を守ってこられた。これからも守るつもりだ」

「なら、ジェイクがいる限り村のみんなは守られたようなものだ。立てるか？」

セシリアが手を伸ばしてきたので、それを掴んで立ち上がる。

「ああ、なんとか。セシリアのくれた薬のおかげだよ。きっと貴重なものなんだろう？　後でお礼をしなくちゃね」

「気にしなくていい、当然のことだ。私もまさか悪魔が二体もいるとは思わなかった、ひとりでは確実に死んでいただろう」

確かに、あの背後からの一撃はＳＳＳランクの防御力だから耐えられたようなもので、セシリアだったら死んでいたかもしれない。

「もはやわたしひとりでは対処できる枠を超えている。ジェイク、本格的に君に頼らせてもらっていいか？」

「もちろんだ。あいつら、生贄を集めて力を取り戻すって言ってたな。この近くで人が一番多いのはうちの村だ、狙われる危険性が高い。もしかしたら、もう……」

自分でそう言いながらも、俺の中の心の焦燥は急速に強まっていった。

「諦めるのはまだ早い、急ごう！　今なら間に合うかもしれない」

「ああ、分かった！」

うだうだしている場合じゃない。俺はセシリアとともに村へ急ぐ。

全力で急いだからか10分もせずに村へたどり着いたけれど、そこには予想どおり……いや、それ以上の混乱があった。

村のあちこちに例の魔法陣が設置され、中からインプやデーモンが這い出てきている。

村人たちは混乱して逃げ惑い、インプがそれを追い立てていた。

そして最悪なことに、以前は魔法陣の防御をしていたデスサイズデーモンまでもが攻撃に回っている。奴らは手当たり次第に付近の建物を壊し、中に閉じこもっていた人々を捕まえて魔法陣の近くにある檻の中に放り込んでいた。

「くそっ、遅かったか！」

「慌てるなジェイク！　見たところ悪魔たちは殺戮をしている訳じゃない、生きたまま生贄を集めようとしているおかげで、怪我人はそう多くないはずだ」

目の前の光景に血が沸騰しそうになったが、セシリアに諭されてなんとか冷静さを取り戻す。

「なら、みんなが連れていかれる前に全ての魔法陣を破壊してやる。セシリア、そっちは捕まった人の救出を頼む！」

「了解した！　ジェイクも気を付けろ！」

そこで二手に分かれた俺とセシリアは、村に突入する。

立ちはだかるインプやデスサイズデーモンを吹き飛ばして魔法陣を破壊し、また別の魔法陣に突撃して破壊する。

当然向こうも攻撃してくるが、インプの槍もデスサイズデーモンの鎌もかすりもしない。

逆に俺が一度腕を薙ぐだけで悪魔たちが数体纏めて吹き飛び、戦闘能力の差は圧倒的だった。

しかし、なにぶん数が多い。悪魔たちも魔法陣もだ。

「いったいいくつ設置しやがったんだ……ええい、邪魔だ！」

ちぎっては投げちぎっては投げ、傍から見れば無双状態でも当の俺はだんだん焦っていく。

それでも全力で破壊を続け、ようやく最後の魔法陣を破壊した。

「これで最後！　後は出てきた悪魔どもを殲滅するだけ……ッ!?」

息を乱した俺が顔を上げたそのとき、目線の先に、大量の悪魔に囲まれている我が家の姿があった。同時に、破壊された窓からタチアナさんとノエルが、インプに引きずり出されている姿も。

「その手を離せっ!!」

頭の中で何かが切れたような感覚とともに思い切り踏み出し、一瞬で家の近くにまで到達する。

だが、次の瞬間、俺の目の前に大量のインプが立ちはだかった。

「なにっ⁉　こいつら、俺を狙ってるのか！」

さっきまでとは違う、明らかに統率された集団行動に目を剥く。

けれど、肉壁がいくつ集まったって脅威じゃない。一撃で目の前の群れを粉砕した。

「タチアナさん！　ノエル！」

名前を呼ぶとふたりがこっちを見た。よかった、まだ怪我はしていないらしい。

まず近くのノエルを捕まえていたインプを叩き落す。

続いてタチアナさんを捕まえているインプも叩き落そうとしたが、そこに氷の矢が飛んできた。

「くっ、なんだ⁉」

飛んできた方向を見れば、そこには青いベリウムが翼もないまま悠々と飛翔していた。

奴はそのまま無言で多数の氷の矢を放つ。俺ではなくノエルに向かって。

「させるかっ！」

「お、お兄さん⁉　いったい何が起こってるの⁉」

「悪魔の仕業だ、けど、ふたりは俺が守る！」

地面に座り込んでいる彼女の前に立ちはだかり、素手で無数の矢を叩き落す。

あまりの多さにいくつかは体に直撃するけれど、防御力を頼みに耐え切る。

だが、青ベリウムは絶え間なく矢を連射して俺を釘付けにした。

ひとりならどうとでもなるけれど、矢の一本でも致命傷なノエルを庇いながらでは反撃もままならない。

青ベリウムは高速で移動しながら矢を射かけてくるので、一瞬でも場を離れたらすでに発射された矢がノエルを蜂の巣にしてしまう。

ノエルを人質にとられた俺は、ただ矢の雨を防御することしかできない。

打開策があるとすればセシリアが応援に来てくれることだが、それは望み薄だと察した。青ベリウムがここにいるということは、赤ベリウムはセシリアを相手に戦っているに違いないからだ。

時間は敵の味方だった。

手をこまねている内にタチアナさんはインプに気絶させられ、デスサイズデーモンによって連れ去られてしまう。

「フハハハハッ！　いくら貴様でもか弱い人間を庇いながらでも満足に動けないようだな！」

配下のデーモンがタチアナさんを運んでいったのを見た青ベリウムが、ようやく口を開いた。

「くっ……この魔法が尽きたときがお前の最後だ。魔力も無尽蔵にあるわけじゃないだろう!?」

「ふん、その程度俺が考えていないと思ったか？　食らえ、氷矢の檻！」

青ベリウムが高らかに叫ぶと、大量の氷の矢が俺たちを覆うようにして、ドーム状に展開された。

その数ざっと一千以上。

「ッ!!」

巻き込む危険があるから、ノエルの傍で大きな力は使えない。

俺は咄嗟に彼女を押し倒して、その上に覆いかぶさった。

直後、俺の背中に多数の矢が殺到する。

「ぐうつ……」

「ひぃっ!? お兄さん、返事してお兄さん！」

腕の中で身をすくませているノエルが、必死に俺を呼んでいる。

「だ、大丈夫だ……くそ、全身が痛い……」

俺は慎重に体を起こすと、そのまま地面に腰を下ろす。

その衝撃で、中途半端に刺さっていた氷の矢がポロポロと落ちていった。

氷の矢は数こそ多かったものの、そのほとんどは刺さることなく弾かれ、かろうじて皮膚を貫通したものも楊枝に刺されたくらいの傷しか受けなかった。

それでも全身をプスプスと刺される痛みは尋常でなく、しばらく呻いていた。

「お兄さん無事なの？ 良かった、本当に……」

起き上がったノエルは、かすり傷しかない俺の体を見てホッとしている。

彼女が無事なのを見て俺も少し安心したけれど、心は晴れなかった。

「ごめんノエル、タチアナさんがさらわれた」

振り返ってみると、青ベリウムはもちろんインプも一匹残らず消えていた。

村のほうからも悪魔たちの気配が消えていて、代わりにセシリアが猛ダッシュで近づいてくる。

「ジェイク、無事か!? すまない、赤いベリウムに足止めされてしまった。けど、ノエルも無事……」

こっちに来た彼女は無事な俺とノエルを見て安心した表情になったが、ここにタチアナさんがいないことに気づいて口をつぐんだ。

「セシリアさん、お姉ちゃんは青い悪魔に連れていかれたの……」

「やはりこっちにも表れていたか、ベリウム！　……ジェイク、気を落とすな。奴らの目的が本当ならまだタチアナは無事なはずだ！」

俺の肩に手を置き、そう言って励ましてくれる彼女になんとか頷く。

「ああ、そうだな……けど、救出に行くには場所を探らないと」

しかし、奴らがどこへ消えたのか見当もつかない。

どんなに強力なステータスがあっても、痕跡も残していない相手の跡を追うのは不可能だ。

「そこは私に任せてくれ。先の湖の拠点の他にも、奴らがアジトを構えそうな場所はいくつかピックアップしてあるんだ」

「本当か!?」

その言葉に思わず立ち上がって詰め寄る。セシリアは目を丸くしながらも頷いた。

「あ、ああ。ただ、それぞれの場所が少し離れていて、全部回っていると手遅れになるかも……」

俺はセシリアの取り出した地図を受け取る。印がつけてある場所は……合計五カ所か。

「大丈夫だ、全部調べる」

当てがあるなら順番に見て回るのが一番だ。そして、俺にはそれを可能とする足があった。

「悪いけど、俺はひとりで先に行くよ。セシリアには後からついて来てもらう」

さすがに人ひとり抱えた状態では、全力で走れない。

そう言うとセシリアは、何重にも紙が貼りつけられたような玉を俺に差し出した。

「……これは？」

「煙玉だ。天高くまで赤い煙が上がるから、敵のアジトを見つけたらこれで合図してほしい。すぐに駆けつける」

「了解した。ありがとう、セシリアにはいろいろ世話になるな」

「何を言うんだ、悪魔討伐は元々私が受けた任務。こっちこそ感謝してもしきれない。必ずタチアナを救い出そう」

「ああ、そうだな！」

俺は彼女の言葉に力強く頷くと、ノエルのほうに向きなおる。

「じゃあ、行ってくるよ」

「うん、お兄さんを信じてるよ。あたしも出来ることをしてみる」

真剣な表情を浮かべる彼女に、俺も改めて気合いが入る。

こうして、俺はタチアナさんを取り戻すため再び戦いに向かった。


「くそ、これで三つめか……次こそ当たってくれよ！」

村を出発してから一時間弱。俺はセシリアの持っていた地図のポイントを順番に回っていた。

少し時間はかかってしまったが、これまでに三つのポイントを潰した。あと二つ。

このどちらかにタチアナさんが囚われている可能性が高い。

「このあたりか……ん？」

地図に記されたポイントに到着すると、これまでの場所とは違う雰囲気がある。

森の中にしては綺麗に開けた場所。その中心に石造りの神殿のようなものが建っていた。

「こんなものが森にあったか？　いや、ないな……とうとう当たりを引いたか」

俺はセシリアから預かった煙玉を使って合図を送ると、改めて気を引き締め神殿へ向かった。

もうコソコソとやっている時間はないので、正面から乗り込む。

扉を破壊して奥に進むと、そこには体育館のように広い部屋があった。

中心の床には、今まで見てきたものより何倍も大きな魔法陣が描かれている。

そして、その魔法陣の前には赤と青の大悪魔が待ちかまえるように立っていた。

「ちっ、とうとうここまで嗅ぎつけやがったか……」

「よほどあの女が大事と見える。人間とはわからんなぁ」

相変わらず人を見下すような赤ベリウムと、油断も隙もない青ベリウム。

並び立つ二体の悪魔は、心なしか先ほどより威圧感が増しているように思える。

「タチアナさん……さらった女は無事なんだろうな？」

「もう生贄に捧げたと言ったらどうする？」

「散々苦しめた後で、塵も残さず滅してやる」

煽るような赤ベリウムの言葉に濃密な殺意で返す。

「ふん、まだ無事だ。ここにいる」

俺と赤ベリウムの会話に割り込むように青ベリウムが言った。奴が横に退くと、その後ろにぐったりした様子で椅子に座らされているタチアナさんの姿があった。

「タチアナさん！」

「この女を助けたくば、お前が俺たちの生贄になるんだ。本来ならあの村丸ごと生贄にしていたところだが、お前はひとりでそれ以上の魔力がありそうだからな！　魔界における全力の力……我がSランクさえも超えた力を、この人間界でも振るえるようになる！」

どうやら奴らは、自分たちの力を取り戻せればそれでいいらしい。

そのついでに、厄介な人間である俺を始末できればちょうど良いということか。

「そんなこと言って、どうせ俺がいなくなったら村ごとめちゃくちゃにする気だろう？」

「あんなちんけな村など、俺たちにはどうでもいい」

確かにそうかもしれないが、どうにも信用できない。

「……やっぱり駄目だ。お前たちを信用できるわけがない！」

「ふん、そうか」

青ベリウムは、つまらないとばかりにそう吐き捨てて周りに氷の矢を展開する。

「だから言ったんだ兄弟、こいつはさっさと殺しちまうに限る。それに、死体でもそこそこの価値はあるぜ」

獰猛な笑みを浮かべ、炎の剣を抜き放った赤ベリウムがそう言って笑った。

「兄弟に任せたら丸焦げになって使えないだろうが。まあいい、やるぞ！」

二体の悪魔が、それぞれ能力を発動させ襲い掛かってくる。

「来い、相手になってやる！」

俺も油断せず迎え撃ったが、相手は大悪魔を名乗るだけあってパワーもスピードも段違いだった。

一体ごとの力は、かつて戦ったルーラーイーグルに劣るかもしれないが、二体の連携で俺の動きを封じてくる。

「ぐふ……ッ！」

「ハッ！　どうした人間、やられっぱなしか!?」

直撃すれば俺でもダメージは免れない炎の剣を避け、はらい、殴って打ち消す。

だが、炎の剣にかかりきりになっていると、今度は周囲から氷の矢が襲撃してくる。

俺には当たるが赤ベリウムには当たらない絶妙な射角で放たれたそれは、炎の剣ほど攻撃力はないものの、無視できるほど弱いわけではなかった。

その上、青ベリウムは俺が攻勢に転じようとするや、周囲に展開している氷の矢をタチアナさんに向けて殺す素振りを見せる。

実質的に、奴らによるなぶり殺しの展開だった。

「どこまで耐えられるか見物だなぁ！　おら食らえっ！」

「大振りの攻撃ばかりで当たらないぞ！」

当たれば怖いが、当たらなければ問題ない。

青ベリウムの氷の矢に注意しつつ、赤ベリウムの攻撃にもなんとか耐えていた。

しかし、それもそろそろ限界が近くなってくる。

「フハハハハッ！　もうすぐだ、もうすぐ綺麗にこんがり焼いてやるよ！」

「くそっ！」

このままではジリ貧だと思っていたとき、神殿の外から何か聞こえた。

「ん、なんだ？」

ベリウムたちにも聞こえたらしく、いったん攻撃の手を止めた。

次の瞬間、神殿の入り口から大量の何かが流れ込んできた。

「なっ、なんだぁ!?」

「落ち着け兄妹！　こいつはモンスターだ！」

よく見ると、入ってきたのはゴブリンにイビルホッグといった弱いモンスターたちだ。

だが、その数は膨大で五百は下らない。

「チッ、なんでこんなときにモンスターが！　燃えろ！」

赤ベリウムが苛立たし気に炎の剣を振るうが、数体を倒しただけでモンスターの波は止まらない。

通常ならものの数にもならない弱いモンスターだが、まるで濁流のように押し寄せてくるそれらにさすがの大悪魔も隙を見せた。

「ぐううっ！　兄弟、ヤバいぞこれは！」

「分かっている！　仕方ない、ここは一度引いて体勢を……」

青ベリウムがそう言って振り返ったが、そこにはもう、タチアナさんの姿はなかった。

「あの女、どこへ行った!?」

「それなら俺と一緒にここだ！」

神殿の天井あたりに巡らされた梁（はり）から、俺は声をかける。

「なっ、いつの間にそんなところに行きやがった！」

「お前たちが慌てている隙にな！」

モンスターの気配は、ここ十年以上探し続けて特徴もよく分かっている。

尋常じゃない数モンスターが近くにやってきたことで、俺は微かに希望を見出していた。

そして、その希望は見事命中。神殿に大量のモンスターが乱入してきて二体の悪魔が動揺した隙に抜け出し、こっそりタチアナさんを救出したのだ。

油断しないよう身構えていた青ベリウムでさえ呆然としていたから、俺が動く隙は十分にあった。

「んっ……うぅっ……」

抱えているタチアナさんが苦しそうに息をしている。ずっと縛られっぱなしだったから仕方ない。

だが、もう一度この手で彼女を抱けていることを神に感謝した。

「もう大丈夫だ、後は災いの元を断つだけ」

足元では、いまだにモンスターの大群がザワザワと蠢いている。

「ええい、邪魔だクソッ！」

「頭を下げろ兄弟！」

苛立つ赤ベリウムに青ベリウムが声をかけ、村でやったように千本近い氷の矢を生み出した。

そして、そのまま部屋全体に矢の雨を降らせる。

頭上からの制圧射撃にはさすがにモンスターたちも身を守る手段がなく、次々に矢に射られ倒れていく。すべての矢が振り、モンスターが一掃された後、俺は天井の梁から入り口付近に降りた。

それと同時に、神殿の外からセシリアとノエルが入ってくる。

「ジェイク、やっと追いついたぞ！」

「お兄さん、お姉ちゃんも無事なんだね！　良かった！」

「ふたりのおかげで助かったよ」

「えへへ、そうでしょう？　あたしがモンスターの群れを探してセシリアさんに追い立ててもらったんだよ！」

ノエルが得意げに言う。

それはきっと、モンスターの生態をよく知っている彼女だからこそできた方法だ。

「何種類ものモンスターをバラバラにしないよう誘導するのは大変だったたな」

「セシリアもありがとう。俺は奴らと決着をつける。ふたりを頼めるか？」

「任せてくれ、指一本触れさせない」

俺は力強く頷いたセシリアにタチアナさんとノエルを任せ、悪魔たちのほうへ向かう。

「チッ、何度も何度も俺たちをコケにしやがって！　今度こそぶっ潰してやる！」

「俺たち大悪魔が人間相手に舐められたままでいられるか……蜂の巣にしてやる！」

怒気を滲ませた悪魔たちはそれぞれに、懐から以前と同じように何かを取り出し口に放り込んだ。

次の瞬間、二体の悪魔の存在そのものが一回り大きくなったようにプレッシャーが増大する。

「ぶふぅ……残っていた魂を全部食ってやった。これで一時的に全盛期並の力を振るえるぜ」

「俺たちに屈辱を味わわせた代償、支払ってもらおうか！」

赤ベリウムの持つ炎の剣は身の丈ほどある大剣になり、青ベリウムの氷の矢は槍ほどの大きさになり鋭くなっていた。

奴らはそのまま強化された能力でもって襲いかかり、俺もそれを迎え撃つ。

「頭から燃やし尽くしてくれる！」

「消えるのはそっちだ！」

俺は全力の魔力を纏わせた拳で、炎の大剣を迎撃した。

瞬間、燃え盛る炎が吹き飛び、そのまま拳が赤ベリウムの胸に二十センチ近くもめり込む。

「ぐぼぁっ!?」

奴はそのまま吹き飛んで、部屋の奥の壁に叩きつけられた。

「なにっ!?　お前、よくもやってくれたな！」

一撃で吹っ飛んだ赤ベリウムを横目に、今度は青ベリウムが氷の大矢を射かけてきた。

先ほどの十倍以上になった質量の矢が四方八方から襲い掛かってくる。

「今度は当たってやらないよ！」

俺はその場で踏み込むと、青ベリウムへ向けて突進した。

目の前から迫りくる氷の大矢だけを迎撃し、そのまま突っ込む。

「なっ……」

「お前も吹っ飛べ！」

踏み込みの勢いをそのままに、今度は速度を生かしてのドロップキックを仕掛けた。

相手はまさかそのまま突破してくると思わなかったのか、どてっぱらに直撃を食らう。

「ぐあああっ！」

見た目以上に強力な一撃を受けて巨体が吹っ飛び、赤ベリウムと同じ場所へ叩きつけられた。

「ぐぅぅ」

「に、人間め……」

すでにボロボロだが再び立ち上がろうとする悪魔たち。だが俺は容赦しない。

「これ以上好きにはさせない。この場で滅びろっ！」

俺は体内の魔力を今までにないほど活性化させると、それを全て右腕に集中して打ち出した。

魔法ですらない単なる魔力の放出だが威力は十二分。

そのまま魔力の奔流が悪魔たちを飲み込み、神殿をも崩壊させる。

俺はこれまでにないほど魔力を使って倦怠感に襲われたが、なんとか崩壊する前に神殿の外に脱出した。先に逃れていた三人と合流すると、後ろで轟々と音が鳴り神殿が完全に崩れ去る。

「……あれ、まさか生き延びてるなんてことはないよな？」

「大丈夫だ、私も奴らがジェイクの攻撃で消滅したのを確認した。魔法陣も神殿が崩壊しては機能しないだろう」

確信をもってそう言うセシリアに俺もようやく一息ついた。

「はぁ、終わったか……」

疲れ切ってその場にべったり腰を下ろすと、隣にタチアナさんがやってきた。

「あぁ、良かった。目を覚ましたんだ」

「ええ、ジェイク君のおかげで助かったわ。でも、セシリアやノエルに聞いた話だと、今までわたしに隠し事をしていたみたいね？」

「えっ……あぁ……」

彼女は一見いつもの優し気な表情だが、その目は笑っていなかった。

「……とりあえず、話は家に帰ってからでどう？」

俺の提案はなんとか受理された。


それから家に帰った俺たちは、まず戦いで負った傷を癒した。

とはいえ俺の体は元々回復力も高いので、かすり傷程度はすでに直っていた。

一番ひどかった足の痛みもすでにない。もっとも、これはセシリアのくれた薬の効果が大きいのだけど。

村に帰ってからは、いろいろと大変だった。

セシリアは村長たちに今回の事件について説明しに行ったし、俺も悪魔たちに傷つけられた家を修理しないといけない。それでも俺とセシリアが初期に魔法陣を破壊したことで、人的被害は殆どなしで済んだようなので良かった。

檻の中に囚われていた村人たちも介抱され、家族との再会を喜んでいる。

その後冒険者ギルドにも報告に行ったが、今回の悪魔討伐の功績は全てセシリアのものとした。真面目な彼女は固辞しようとしたが、俺が目立ちたくないと改めて言うと、渋々ながら引き受けてくれた。

おかげで村の中でセシリアの評判はうなぎ登り。そして俺は、今までどおり一村人としての生活に戻る。互いに実益のある取引だった。

事件の直後こそざわついていた村だが、数日もすると落ちつきを取り戻していた。

俺も家の修繕を終え、ようやく一息ついたところだ。

「うん、もう大丈夫か。案外早く終わったな」

夕食後の腹ごなしに、新しくはめ込んだ窓枠の調子を見ていると、背後から声をかけられた。

「ジェイク君、お疲れ様。向こうでお茶にしないかしら？」

「ああ、じゃあそうさせてもらおうかな」

タチアナさんに連れられリビングに向かい、そこでノエルやセシリアとも一緒にお茶を淹れてもらう。最後にタチアナさんがソファーに腰掛けると口を開いた。

「それにしても本当に驚いたわ。まさかジェイク君が、昔からひとりでモンスター退治をしていたなんて……」

どこか呆れたような雰囲気もある彼女の言葉に、思わず苦笑いする。

結局タチアナさんにも、俺が尋常ではない力を持っていることは知られてしまった。

けれど、実戦経験のあるセシリアやモンスターを基準に強さを図れるノエルと違って、まだ実感が湧かないようだ。

俺としても深く理解してもらおうとも思っていないので、これで良しとする。

「もともと森の奥のほうには、かなりの強さを持つモンスターが現れるみたいなんだ。ここの森は広大だから、モンスターも村のほうまで出て来ずに、今までは問題にならなかったみたいだけど」

それでも万が一、それらのモンスターが一体でも村のほうに現れれば大惨事だ。

少なくとも、俺は自分がやったことを無駄とは思わない。

「そうね、ジェイク君には感謝してもしきれないわ。でも、本当にこのことを村のみんなに言わなくていいの？」

「もちろん。俺はのんびり平和に暮らせれば一番なんだ。今は大切な家庭もあるし」

そう言うと、タチアナさんとノエルが顔を見合わせて笑みを浮かべた。

「じゃあ、今日はそんなふうに頑張ってくれたお兄さんに、いろいろお礼してあげちゃわない？」

「そうね。いつもリードされてばかりだから、今日くらいはわたしたちでご奉仕しようかしら」

「お、おい？」

俺はふたりの言葉に思わずそう聞き返すが、彼女たちはすぐに立ち上がって、それぞれ俺の腕を引っ張った。

突然のことに驚きはしたけれど嫌でない。むしろ内心では歓迎していた。

一方、それを見たセシリアも少し顔を赤くして立ち上がる。

「そ、そうか……なら私は宿に帰らせてもらおう。邪魔しては悪いからな」

チラチラと気になるようにこっちを見つつも、そう言って出て行こうとするセシリア。

しかし、離れる前にノエルが空いているほうの手で彼女の手を掴んだ。

「なっ!?」

「せっかくだからセシリアさんも泊っていかない？　お兄さんの部屋のベッド、四人くらいならギリギリ寝られるくらい広いよ？」

露骨なノエルの誘いに、セシリアは口をパクパクとさせている。

「しかし、私は……」

「わたしもセシリアなら歓迎するわ。それとも、皆でするのは嫌？」

タチアナさんの問いにセシリアは首を横に振った。

「じゃあ一緒に行きましょう？　わたしたちふたりじゃ、ジェイク君についていくのがやっとだもの。期待してるわ」

「分かった。ふたりの公認ということならば」

セシリアが俺の後ろに回り、がっしりと肩を掴む。

こうして、俺は彼女たち三人に寝室まで連行されるのだった。

「んちゅっ、ちゅぶっ……れろ、れろろっ！」

窓の外はすっかり日が暮れていたが、寝室は照明がつけられて明るかった。

俺は部屋の奥に置かれたベッドの前に立っており、セシリアはその前でしゃがんでいる。

邪魔な服は脱ぎ捨て、既に一糸纏わぬ姿で柔肌を晒している。全裸なのは俺も同じだ。

そんな状態で、俺は彼女にフェラチオ奉仕をされていた。

「んっ、じゅるっ……れろっ」

「うっ……セシリア、前より上手くなってるな」

「そうか？　まだあまり経験がないが……少ない経験から学ぶのは得意だからな」

少しだけ自慢そうに言った彼女は、再びフェラチオに戻った。

彼女の口が肉棒を咥え動く度に、紺色のポニーテールが揺れ、淫靡な水音が響く。

口内では舌が巧みに動いて硬くなった肉棒を愛撫し、快感を蓄積していった。

「さすが一流の冒険者だな、日々成長するってことか……うおっ！」

そう言うと突如セシリアが激しく肉棒に吸いつき、思わず声が漏れてしまう。

「冒険者が全員淫乱なわけではないぞ。偏見はやめてほしい」

「分かったよ、じゃあ単にセシリアがスケベってことか。はは……ぐっ、うぅ！」

「じゅるっ、れろ、れるるるるっ！」

少し冗談のつもりで言った言葉が気に障ったらしく、さっき以上に激しく吸いついてくるセシリア。ついでに豊満な胸まで太ももに押しつけられているから、快感の極みだ。

その勢いに思わず腰を引いてしまいそうになるが、背後にいるノエルとタチアナさんがそれを許してくれない。

「自業自得だよお兄さん、セシリアさんを焚きつけてるようなもんだもん」

「そうね、さすがにちょっとマズい発言だったわね。でも、その責任はきちんと自分でとってもらわないと」

彼女たちも同じように全裸だった。左右の斜め後ろから俺に自分の体を押しつけている。

両腕は二つの柔らかい乳房で挟まれ、胴や肩には腕が巻きつけられている。

息がかかるほど近くにふたりの顔があり、耳元で甘い言葉をささやいてきた。

「お兄さん、セシリアさんのお口気持ちいい？」

「ああ、最高だ……熱くてヌルヌルして、舌がたくさん動くから……ッく！」

「ふふっ、相当気持ちいいみたいだね。でも、あたしだって負けてないよ……ちゅっ」

ノエルが俺の頬に唇を寄せ、そのままキスしてくる。

もちろん一度じゃ終わらない。彼女はそのまま何度かキスすると俺の唇を奪った。

「んちゅぅっ！　はふっ、んくっ……れろ、れろっ♪」

思いっきり唇を押しつけてキスしてきた彼女は、次に当然のように舌を出してきた。

そのまま俺の唇を割り裂き、中に入ると動き回る。

こうなっては俺もやられっぱなしでいられず、こっちからも舌を動かした。

まるでナメクジが絡まったかのようにべったり舌を絡ませて、ディープキスする俺たち。

互いに目を瞑っていたから感覚が敏感になって、淫靡な体液の交換に興奮が強まった。

「んぐ、じゅる……あたしの舌の動きも凄いでしょう？」

「ああ、さすがに慣れてるだけあるよ」

閉じていた目を開け、彼女と見つめ合うと自然と笑い合う。

それでも体は興奮していて、本能的に手を伸ばしノエルを愛撫し始めた。

「あっ、んんっ！　まだ、そこはっ……」

股の間に指を入れると、むず痒そうに下半身を動かす。

確かにまだ濡れてはいないけれど、ノエルの反応を見るのは楽しかった。

ただ、本格的な愛撫に入る前に、俺は首に巻きついた腕で反対側に引き寄せられた。

「うぐっ……」

「ジェイク君、妹にばかり構っていたら、いくらわたしでも拗ねちゃうわよ？」

「タチアナさん……なら早く言ってくれればいいのに、ふたりとも一緒に可愛がるよ」

少し不満そうな彼女にキスしてなだめ、姉妹を両手で引き寄せ愛撫し始める。

「んっ、はぁっ……お兄さんの指太いよっ……」

「ジェイク君、こっちは胸も揉んで？」

片手ではノエルの秘部をマッサージするように刺激し、もう片手は正面から鷲掴みしても肉が余るほどの爆乳を揉む。

時間が経つごとにふたりの興奮が高まっていくのを感じて、俺のほうも気分が高まってくる。

「んぶぅっ!? また、ジェイクのが大きくなって……んんっ、はぶっ、じゅれろっ！」

俺の興奮に合わせて限界まで勃起した肉棒に、セシリアが苦戦している。

どうやら慣れてきたといっても、まだまだテクニックはノエルやタチアナさんには及ばないらしい。それでも、彼女の献身的な奉仕で、興奮は頂点まで高まりつつあった。

「はうっ、はぁはぁ……ビクビク震えて、もう出るのか？」

息継ぎをするように肉棒から口を離した彼女が、上目遣いでこっちを見つめてくる。

息苦しさと興奮で頬が紅潮している。キリっとした目元はなんとか健在だが、これから事が進むごとに快感で蕩けていくだろう。それが楽しみだった。

「セシリア、最後に思いっきりやってくれるか？」

お願いするようにそう言うと、彼女は笑みを浮かべた。

「ふん、仕方ないな……気持ち良すぎて腰を抜かすなよ？」

口調こそ仕方ないというふうを装っているが、頬が緩んでいるのが丸見えだった。

彼女はそのまま再び肉棒を口に咥え、口内をたっぷりの唾液で満たして肉棒ごとすすり、大きく頭を動かす。

「ぐっ、うぁっ……！」

「んじゅっ、じゅづるるるっ！　いいぞ、全部飲むから出してくれっ！」

「セシリア……ッ！」

俺は彼女の求めに応じるように、高められた興奮を吐き出した。

その瞬間、セシリアが目を丸くして口内の肉棒を締めつける。

「んぐっ、じゅるっ！　えふっ、んじゅ、れろ……」

ビクビクと震えながら射精する肉棒に、セシリアは最後までしっかり奉仕してくれた。

吐き出される精液を受け止め、飲み込みながらも舌を動かし肉棒を圧迫してさらなる射精を促す。

おかげで、金玉の中身が丸ごと吸い尽くされてしまうような、勢いある射精が続いた。

「んぐ、んぐぐっ！　ぷはっ、はぁはぁっ！」

ようやく射精の律動が治まると、肉棒から口を離してくれた。

存分に欲望を吐き出した肉棒は、セシリアの唾液まみれになりながらぐったりとし、当のセシリアは激しい奉仕の余韻で息を荒くしている。

「セシリア、凄かったよ……」

「んふぅ……上手くできていたか？」

「ああ、これまでで一番だ！　こんなに頑張ってくれて嬉しいよ」

昂った興奮のままにそう言うと、セシリアは小さくはにかむ。

「ああそうか、それは良かった……」

いつものキリッとした真面目な顔とは違い、心までリラックスした柔らかい表情だった。

もうこのまま彼女を押し倒してしまいたくなるけれど、そうは問屋が卸さない。

俺の左右にいる美人姉妹のお嫁さんたちが、次は自分の番だとアピールしていた。

「お兄さん、今度はあたしだよ！　たくさんマッサージしてくれたおかげでもうドロドロだもん、いつでも歓迎してあげられるよ？」

「ダメよ、次はわたしなんだから。今日はジェイク君の望み、何でも叶えてあげるわよ！」

ふたりは互いにギュッと体を押しつけてアピールしてくる。

ノエルは挑発的な口調とトロトロに濡れた股間で誘い、タチアナさんは腕をパイズリ出来てしまうほどの爆乳と淫らさのある包容力を武器に誘ってくる。

双方から求められ、俺は片方を選べなかった。

「なら、ふたりまとめて味わってやる！」

姉妹の肩に手を回した俺は、そのまま彼女たちをベッドに押し倒す。

「きゃぁっ！」

「あうっ!?」

まずはタチアナさんを仰向けでベッドに押し倒し、その上にノエルを四つん這いにさせた。

俺から見ると、ちょうどふたりが抱き合っているように見える。

上下に大小のお尻が重なり、まるで鏡餅みたいだ。

実の姉妹を上下に並べて犯してしまえる現実を前に、興奮が蘇ってくる。

「ううっ……お兄さん、まさか！」

「確かに何でもするって言ったけど……こ、これは恥ずかしすぎよっ！」

ふたりとも羞恥で顔を赤くしながら、恨めしそうな目で俺を見る。

これまでにも何度か３Ｐしたことはあったけれど、今日は一段と相手のことを気にしてしまうらしい。少し顔を動かせばキスできてしまうほどの距離に姉妹がいるんだから仕方ないか。

「でも、ふたりのどっちかを先になんて選べないよ。なら、こうなるのも仕方ないだろう？」

「もう、そんなこと言って誤魔化そうとして……」

「ううん……ちょっと早まったかしら？」

少し苦笑いするふたりだが、俺の求めには応えてくれるようだ。

嬉しい気持ちになりつつ、さっそく襲い掛かる。

「まずは……ここかな、そらっ！」

姉妹の前に行くと、まずは上で四つん這いになっているノエルのお尻を両手で掴んだ。

「ひゃんっ！　お兄さん、まずはあたしから？」

「さんざん準備万端ってアピールしてたからな。試させてもらうよ」

両手で掴んだお尻をぐっと割り裂くと、谷間の奥に濡れた秘部が見える。

宣言どおりかなり濡れていて、挿入に抵抗があるようには見えない。

俺はさっそく肉棒に手を添えると、そのままノエルの膣内へ押し込んでいった。

「あっ、ああっ！　ひぃ、はうっ……おっきいの入ってくるっ！」

発展途上のまだまだ未成熟な膣が肉棒を飲み込む。中は未だに狭く常時締めつけられているような状態だが、たっぷり濡れた愛液のおかげで挿入には手間取らなかった。

「あうっ、あうぁっ……全部入るっ、奥まできてるよぉっ……！」

グググッと腰を前に進めると、その狭い穴でも肉棒をどんどん飲み込んでいき、ついには根元まで収めてしまう。

「はぁはぁっ、はうっ……入ったかな？　でも、お腹の中が突っ張ってる感じ……」

「そりゃそうだろうな、まだノエルの体は成熟には一歩遠いんだから」

いくら慣れてきているとは言っても、数ヶ月では体格までは変わらない。

だが、あと何年かすればノエルも夕チアナさんのように美しい美女に成長するだろう。

今の感覚を味わえる時間も残り少ないと思うと、俄然欲望も強くなる。

「だからといって、容赦はしないけどなっ！」

これだけ濡れているならば問題ない。

俺は彼女の尻肉をしっかりつかんで、腰を動かし始めた。

「んきゃうっ！　はうっ、はぁっ……お兄さんにあたしの中が全部擦られちゃうっ！」

肉棒をピストンさせるたびにノエルの悩ましい声が聞こえる。

それがまた俺の興奮を刺激して、夢中になって秘穴を犯した。

「あひっ、あっ、ひあぁっ!?　強いっ、強いよぉっ！　あたしの中、全部めくれ上がっちゃうっ！」

「そんなことにはならないよ。気持ち良すぎて意識はひっくり返るかもしれないけどなっ！」

もっと目の前の少女を犯したいという欲求に従って、体を動かそうとする。

だが、そのとき背中に大きく柔らかいものが押しつけられた。

「ジェイク、そんなに激しくしてはノエルが壊れてしまわないか？」

セシリアだった。

さっきの奉仕でだいぶ体力を消耗したかと思ったが、まだまだ元気は残しているらしい。

俺の肩に手を置きながら背中に自分の胸をギュッと押しつけてくる。

膣内に挿入しているのとは違う、柔らかく優しい快感に背筋が蕩けそうになった。

「ちゃんと加減してやってるよ。それより。セシリアのほうこそかなり積極的じゃないか？」

「ジェイクたち三人の雰囲気にあてられてな……間近でこんなにいやらしい音を聞かされて我慢できるはずがない」

「じゃあセシリアともたくさん楽しみたいから、期待してもいいかな？　まあでも、今はタチアナさんとノエルか……それっ！」

「あっ、ひっ、きゃうぅぅぅぅ！」

そのままノエルを犯していると、体のほうもほぐれてきたのか、肉棒の出入りがスムーズになる。

「あっ、ああっ！　ダメッ、ダメだよお兄さんっ！　気持ちいいのが止まらないよぉっ！」

ベッドについた手でシーツを握りしめながら快感に耐えるノエル。

けれど快楽は、彼女の理性を蕩けさせようと送られ続けている。

「はぁ、はぁ……ノエル、そんなに気持ちいいのか？」

「うん、うんっ！　お兄さんとのセックス気持ちいいのっ！　おちんちんが奥まで入ってくるたびに、脳みそがドロドロになっちゃうよぉ！」

顔を見ずとも彼女の蕩け具合が分かるほど甘い嬌声に、思わず笑みを浮かべる。

「そんなに気持ち良くなってくれて俺も嬉しいよ！　全部俺のものにしてやるからなっ！」

相変わらず締めつけはあるが、蕩け始めた膣内を感じて征服欲に火が点いた。

獣欲に任せて腰を振ると、ノエルが悲鳴を上げる。

「くひぃぃ!?　らめっ、待ってぇ！　そんなに無理っ、受け止めきれないよぉ！」

「おっと……」

どうやら少し調子に乗り過ぎてしまったみたいだ。

激しく犯された膣内がビクビクと痙攣して悲鳴を上げている。

「ちょっと休ませてぇ……」

「わかった」

彼女の望みどおり肉棒の動きを止めるが、満足しなかった獣欲は滾ったままだ。

そして、その欲望はまだ手付かずなもう一つの女体にも向かう。

「さて、ノエルのほうは十分慣れてきたし、はタチアナさんを味見させてもらおうかな？」

「あうっ……お兄さん、出てっちゃやだよ……あんっ！」

どうやら動きは止めてほしくても、肉棒は放したくないらしい。

「まったくノエルは欲張りだな。一対一のときならいいけど、今日はお預けだぞ」

俺は彼女の愛液で濡れた肉棒を引きずり出し、そのまま下にずれた場所にあるタチアナさんの膣を狙った。濡れた先端を入り口に押し当てると、彼女の体が反応する。

タチアナさんは、ノエルの向こう側から少し不安そうな表情で俺を見ていた。

「んっ、ジェイク君……いよいよわたしの番なのね？　でもまだ……」

「まだ前戯もしてないって？　大丈夫、ノエルがたっぷり濡らしてくれたから楽に入るよ」

俺はタチアナさんの制止を無視して、そのまま肉棒を押し進めた。

「んぎゅっ！　そんなっ、ノエルの中で濡れたもので……あっ、あうぅぅ……！」

うめき声と嬌声が混じったような声が響き、肉棒が膣内に飲み込まれていく。

最初こそかなりキツかったものの、ノエルがたっぷり濡らしてくれたおかげで中に入れた。

そしてそこからは、内部はしっかり濡れていたタチアナさんの膣内を進み最奥まで。

「ああっ、あああああっ！　奥まで入ってるっ、まだ指一本も触られてないのにっ……！」

羞恥と興奮が入り混じったような声をあげるタチアナさん。

それを見たセシリアが、背後から声をかけてきた。

「もう全部飲み込んでしまったな。まさか愛撫もせずにこんなにスムーズに挿入してしまうとは……ジェイクのものが濡れていただけでは、こうはならないだろう？」

「中のほうは意外と濡れてたからな。そうでしょう、タチアナさん？」

直線的なその言葉に、さすがのタチアナさんも赤面していた。

「ううっ……そうよ、ジェイク君があんなに激しくノエルを犯すから期待しちゃったのっ！」

彼女は、恥ずかしそうな表情になりながらも認めた。

それに機嫌をよくした俺は、さらに腰を動かしていく。

ノエルよりも包容力のある膣内は、ゆっくり興奮を楽しむのには最適な環境だった。

「ジェイク、姉妹を一度に犯すというのはどういう感覚なんだ？」

「ん？　そうだな、例えば中の締めつけ具合とか喘ぎ声の上げ方とか、ちょっと似てるところがあるんだ。そういったところを見つけると、血の繋がった姉妹を一緒に抱いてるんだって思えて、たまらなくなるよ！」

気分が高まりつつあった俺は、セシリアの問いに答えながらもタチアナさんを犯し続ける。

「ううっ、あんっ！　はぁはぁ……あうっ！」

「タチアナさん、喘ぎ声も大きくなってきたよ。だんだん気持ち良くなってきたかな？」

「さっきからずっと気持ちいいのっ！　最初は恥ずかしかったけど、どんどん気持ちいいって感覚に塗りつぶされていくっ……あくっ、ひぃんっ！」

ビクビクッと膣内を震わせ、律儀に感じていることを伝えてくる。

その大人っぽい美貌に似合わない可愛らしい反応に、思わず頬が緩む。

「ああ、ほんとにタチアナさんは素敵だよ！　こんなにも俺を悦ばせてくれる女性はそういない！」

「はぁはぁっ……わたしもジェイク君のこと大好きよ。あなたほど精力的に私を求めてくれた人はいなかったわ……」

興奮で息苦しくなりながらも、俺の言葉に応えてくれる。

そのことが嬉しくて、より強く彼女を求めてしまった。

「あひっ!?　あうっ、あんっ！　あくぅうっ、はぁっ、ひゃひぃぃんっ！」

体ごとぶつけるような力強いピストンで、タチアナさんを犯す。

彼女の声音もさらに高くなり、それにつられて俺の興奮も高まった。

そのとき、休憩していたノエルが振り返って俺を見る。

「お兄さん、あたしにも……お姉ちゃんばっかり独り占めはズルいよぉ」

「ノエルッ!?　あなた、休んでたんじゃ……」

「目の前でこんなにいやらしいエッチされたら落ち着けないよ！　ねえ、いいでしょう？　あたしもお姉ちゃんも一緒に食べて？」

ノエルのその言葉に、俺の中のスイッチが入った。

「……後悔するなよ、姉妹丼でも食いつくしてやるっ！」

俺は肉棒をタチアナさんから引き抜き、ノエルにぶち込んだ。

「ひきゅううううっ！　きたっ、またお兄さんきたよぉっ！　あひっ、うううううぅぅっ！」

歓喜の嬌声を上げるノエルへと、立て続けにピストンをお見舞いする。

充分に彼女の気持ちよさそうな声が聴けたら、再びタチアナさんへ。

「あぅっ、あっ、くっ……またわたしにっ……節操なしね！」

「それを言うなら、甲斐性があると言ってほしいかなぁ」

現にふたりまとめて悦ばせているんだから、なかなかのものだと思う。

そんな会話をしている内に、興奮ものっぴきならないところまできていた。

「あんっ、あっ、んんっ！　はぁっ、ひぃぃっ！」

「くっ、締めつけも濡れ具合もどんどん良くなる……やっぱりタチアナさんとのセックスも気持ちいいよ！」

「わ、わたしも気持ちいいのっ！　ノエルと一緒に犯されるの、癖になっちゃうそうっ！」

タチアナさんの中が十分に慣れてきたら、再びノエルのほうに戻る。

「ほら、姉さんの中に入ってたやつで犯してやる！」

「ううっ、熱いよっ……それにドロドロしてて、お姉ちゃんの愛液があたしのと混じっちゃうっ！」

「ちょうどいいじゃないか、極上のブレンドだな！」

「ひうぅぅっ!?　あひっ、あんっ！　もうっ、変態だよお兄さんっ！」

そんなことを言ってやっても、満更ではなさそうにしながら嬌声を上げる。

「いいぞ、もっと声を聴かせてくれふたりとも！」

腰を動かす度にタチアナさんかノエルが悶え、俺を喜ばせてくれる。

彼女たちの感じている表情や艶っぽい声、それに肉棒を包み込むように締めつけてくる膣内の感触がたまらなかった！

「ほんとに最高だ……ふたりとも、このまま出すよっ！　ぶっかけてやる！」

「はぁ、あうっ……きてお兄さんっ！　あたしに全部受け止めさせてっ!!」

「わたしも欲しいの！　遠慮はいらないから、沢山出してっ！」

ふたりに求められ、俺も我慢できなかった。

そのとき、背後にいたセシリアが身を乗り出してくる。

俺の体に手を回し、張りのある巨乳が押し潰れるほど体をくっつけてきた。

「私にも協力させてくれ。この体、存分に味わって興奮してくれると嬉しいな」

耳元で囁かれる声とともに、硬くなった乳首が背中で擦れる感触や、むっちりした太ももが押しつけられる感触に興奮度の針が振り切れる。

「つぐぅ……出すぞっ！」

最後に俺は姉妹の間に肉棒を突っ込んで、猛烈にクリトリスを擦り上げ、そのままふたりのお腹に精液をぶっかけた。

「あぐっ!?　そこ無理っ、我慢できないよぉっ！　イクッ、イックウウウゥゥゥッ!!」

「うぅっ、はっ、あああぁぁっ!!　熱いっ、ジェイク君の精液、お腹にいっぱい……あんっ！」

興奮した体を最後の責めでイかされ、白濁した子種をぶっかけられたふたり。

特にノエルは体を支えているのも辛くなったのか、タチアナさんの上に寄りかかっている。

彼女たちは揃って荒い息をしながらも、俺のほうを未だ熱っぽい視線で見つめていた。

「うう、お兄さん……足りないよ、お腹の疼きが治まらないよぉ……！」

「わたしたち、まだ満足できないの。この熱い子種、ちゃんとお腹の中に注いでもらわないと……」

一度絶頂した彼女たちの体はその芯までほぐれ、蕩けきっていた。

そして、どこか退廃的な雰囲気すら纏う彼女たちは、さっきよりさらに淫らで魅力的に見える。

「そっか、まだ満足できないか……ならちゃんと責任をとらないとな！」

俺の肉棒はもう再戦の準備を整えていた。

「……すごい、今出したばかりなのにこんなに……」

さっきから俺の背中に抱きついているセシリアが、息をのむのがわかった。

「もちろんセシリアも一緒だぞ？」

「わ、私もか!?　だが、さすがに三人など……」

驚いたように背中から体を離す。その声にどこか遠慮するような雰囲気を感じたので、俺は振り返ると彼女の腕を掴んでもう一度引き寄せた。

「あうっ！」

「逃がさないよ。せっかく三人で集まってるんだから、楽しまないとね？」

そのまま彼女をベッドへ仰向けに押し倒す。

そのときにはちょうど、ノエルもセシリアさんの上から退いてベッドに横になっていた。

これでちょうど三人が並んで俺の前に横になっている。

左からノエル、セシリア、タチアナさんの順番。

真ん中に横になって顔をぼうっと赤くしているセシリアに、寄り添うようにしながら熱い視線を向けてくるタチアナさん。そして、ノエルはうつ伏せ気味になりながらこちらに振り返り、楽しそうな笑みを浮かべている。

三人とも興奮と羞恥で、落ちつかない様子だった。

「ジェイク、そうして見つめられるとかなり恥ずかしいんだが……」

「諦めなよセシリアさん。もうあたしたちはお兄さんの手の内なんだもん。後は与えられる快感でよがらされちゃうだけだよ？」

「ふふ、そうね。でも、そうと分かっていても緊張してしまうわ」

三人とも普通に会話しているように見えるが、その実チラチラと俺を見て期待しているのがよく分かった。俺もだんだんと我慢できなくなり三人の前に進む。

「ノエルもタチアナさんもセシリアも、みんな綺麗だ……」

三人の中では小柄だけれど日々女性として美しく成長途中のノエル。

「あたしのアソコ、はやくお兄さんが欲しくてドロドロなんだよ。遠慮なんていらないから、好きなだけ中出ししてほしいなっ！」

みんなの憧れのマドンナで、美しさと優しさが、その身に溢れんばかりに詰まっているタチアナさん。

「ノエルを孕ませるつもりならわたしも一緒にね？　妹に負けないくらい精一杯ご奉仕するわ」

そして、引き締まった体の中に女の欲望を秘めているセシリア。

「私は常にこの村にはいられないが、ここにいるときはジェイクだけのものだ……私の体、全てジェイクに捧げよう」

三人が三人それぞれ魅力的で、存分に男としての欲望を刺激してくる。

「抱くよ」

簡潔にそう言い、まずは目の前のノエルに覆いかぶさった。

そして、俺が挿入しやすいよう秘部を広げてくる彼女に肉棒を押し込む。

「あっ、お兄さんっ……んぁっ♪」

さっきまでの行為でさんざん楽しんでいた膣内は、肉棒の帰還を喜んで迎えてくれた。

たっぷり濡れたヒダが、俺のものを包み込み奥まで導く。

「ひふっ、あぁっ……全部入ってるっ」

そのまま最奥まで到達するとノエルが熱っぽい息を吐き、俺に首に腕を絡めてきた。

「お兄さん動いて。今度は顔を見ながらしたいのっ！」

「ああ、分かったよ。俺もノエルが感じてるところを見たいしね……ふっ！」

ノエルの頭の横に手を突きながら、腰を動かす。

激しい動きではないけれど、濡れた秘部からは掻き混ぜるような水音が鳴った。

「あうっ、あっ、はぁぁっ！」

「待ちきれなかったのか？　もうグチュグチュいやらしい音が鳴ってるよ」

「だって、今度こそ中に貰えるって思ったから……あっ、きゃうぅぅ！」

「俺もノエルを孕ませたいよ……」

まだ関係を明らかにする前ならともかく、夫婦となってからは避妊もなしに何度もセックスしてきた。彼女が身籠るかは運に任せるしかないけれど、そうなる日もそう遠くない気がする。

「んっ、あっ……♪　あたしも……あたしもお兄さんの赤ちゃん欲しいよっ」

「ああ、必ずタチアナさんと一緒にお腹を大きくさせてあげるよ」

会話によって興奮を高めながら、俺たちは体を混じり合わせていく。

そうしていると左右から近づいてくる気配があった。

「ジェイク君、ノエルとエッチしてるなら、その間にわたしとキスしましょう？」

「ジェイク、こっちにも……さっきから触れられなくて寂しいんだ！」

タチアナさんとセシリアが身を乗り出して求めてくる。

当然拒否する訳もなく、俺は体を起こす。

「じゃあ、タチアナさんから……」

「んっ、ちゅうっ！　はっ、はむっ……！」

緩く腰を動かしながら顔を横に向けると、まずタチアナさんがキスしてきた。

「ん、今日は積極的だね」

「だって、一度イカされた上でお腹の中に子種を貰えないなんて不完全燃焼だわ」

彼女とセックスするときは中出しが当たり前だったから、物足りないのかもしれない。

何にせよ、自分の子種を求められるというのはこの上なく気分が昂った。

「ちゃんと注いであげるよ、それこそダメって言ってもお腹がいっぱいになるまで」

「ええ、とっても嬉しいわ」

優しい笑みを浮かべたタチアナさんにもう一度キスし、今度はセシリアのほうに向く。

すると、彼女は待ちかねていたようにキスしてきた。

「ジェイクッ！　んむっ、れろっ……じゅる、くちゅ、ちゅるっ……！」

「はふ、はぁ……こっちはタチアナさん以上だな」

まるで砂漠の旅人が水を求めるような必死さで、俺の舌に自分の舌を絡ませてくる。

「ジェイク、私は……んっ、もう待ちきれないぞ……」

軽いキスを続けながら、セシリアは自分で自分の胸を愛撫していた。

頬は紅潮し、目も発情したように赤らみ潤んでいる。

「安心しろ、セシリアも満足させるよ。俺のスタミナを知ってるだろ？」

そう言いながら片手で彼女の胸を揉む。

「んんっ！　あっ、ひぅっ……ジェイクの手、気持ちぃいっ」

姿勢が姿勢なので普段より乱暴になってしまったが、どうやら十分感じているようだ。

そのまま彼女が満足したように体を離すと、俺は再びノエルに向かって全力で腰を振る。

「んくっ、はぁっ！　気持ちいいよぉ……好き、好きだよお兄さんっ」

「ああ、俺も好きだよ」

俺の返事を聞くと彼女も嬉しそうに笑みを浮かべてキスを求めてくる。

それに応えながら、俺は早くも限界が近づいているのを察した。

「ノエルッ、このまま出すぞ！」

「うんっ！　きてっ、お兄さんの赤ちゃん欲しいよっ！　たくさん出して孕ませてぇっ‼」

最後に彼女の腰を掴み、最奥に肉棒を突き込みながら射精する。

子宮口にぴったりくっつけた肉棒で、今度こそ漏れなく中出ししていった。

「あひっ、あっ、あああっ！　熱いよっ、またイクゥッ！　あっ、ひいいぃぃぃぃんっっ‼」

中出しされながら再度の絶頂を迎えたノエルは、最後にビクンと大きく震えて力を抜いた。

ノエルがそのままぐったりしているのを見た俺は、今度はタチアナさんのほうへ向かう。

「さあ、今度はタチアナさんの番だよ！」

俺は彼女の体を横に倒し、片足を抱える。

「ま、待って！　こんな姿勢恥ずかしいわっ！」

片足を持ち上げられ、秘部が丸見えなことに顔を赤くするタチアナさん。

けど、俺に止める気は毛頭なかった。

「こうすると奥まで当たるんだよ。セシリアにも好評だったんだけどな？」

「えっ……セシリアにも？」

女騎士のことを口に出した途端、タチアナさんの声が一瞬止まった。

「そうだよ。タチアナさんにも気に入って貰えるかと思って」

「セシリアがしてもらっているのに妻である私が拒否なんてしないわ。そのまま続けてジェイク君」

彼女のその言葉には、どことなく強い決意のようなものが宿っていると感じた。

ノエルはあんまり気にしないみたいだけれど、タチアナさんは俺の嫁という立場にプライドを持っているようだ。

何事にも真面目な彼女らしいいし、なにより俺に関することでここまで本気になってくれる彼女を愛おしく思った。

ちょっと前までは片思いだっただけに感慨深さはかなりのものがある。

「タチアナさん、動くよ！」

その想いを力にするように大きく腰を動かす。

さっきの行為のおかげでこっちも準備は万端で、肉棒を一気に奥まで受け入れてくれた。

「はうっ！　んっ、くはっ……全部入ってるっ」

「ほんとにタチアナさんは全て受け止めてくれるね、嬉しいよ！」

セシリアより女性らしさのある、柔らかい足を抱えながら責める。

彼女の中もセシリアより柔らかくて、どれだけ激しく抱いても受け止めてくれるような包容力があった。奥まで楽に入るような側位の体勢でも同じで、最奥の子宮口は肉棒で突き上げられても柔らかく受け止めてくれる。

「んっ、これ、本当に奥まで当たるわ！　あうっ、気持ちいいっ！　やっ、はぁんっ！」

「感じてるタチアナさんの声も可愛いな……もっと聞かせてくれ！」

そのまま腰を動かしながら、俺は次に重力にたわむ爆乳に目をつけた。

その大きさに反して綺麗な形を保っている彼女の爆乳だが、さすがに横向きでは支えきれず流れてしまっていた。

だがボリュームはそのままで、俺が手を伸ばすといつものも柔らかな感触が返ってくる。

「んくっ……ジェイク君？」

「こっちもたっぷり弄ってあげるよ！」

足を抱えているのとは逆の手で胸を愛撫する。

乳房をわしわしと揉みながら、硬くなった乳首を指先で擦って刺激した。

そのまま二方向からタチアナさんを責めていると、急に彼女の体が大きく震える。

た。


「あひっ、あっ、くうぅぅぅぅぅっ!! もう無理っ、気持ちいいのを我慢できないわっ！」

ついに流れこんでくる快感に堪えられなくなったらしい。

もはや彼女は普段の冷静な表情を脱ぎ去り、与えられた快感そのままに恍惚とした表情をしてい
た。

「タチアナさん、とっても綺麗だよ！」

「嬉しいっ……好きよ、愛してるわジェイク君……んくっ、はっ、ひゃうっ！」

「くっ！ はっ、ふぅっ……」

彼女が嬌声を上げる度に膣内が締めつけ、俺の興奮を煽ってくる。

これまでなんとか耐えていたけれど、そろそろ限界だった。

「タチアナさん、このまま出すよ！ ノエルと一緒に孕ませてやる！」

「きてっ、きてっ！ すぐ欲しいの、待ちきれないの！ 二度でも三度でも、何度でも受け止める
から孕ませてっ！」

「タチアナさんっ……!!」

俺は最後にぐっと腰を突き出し、彼女の柔らかい子宮口を押しつぶした。

「いっ、きふっ、イクゥゥッ!! あああぁぁあああぁぁぁッ!!」

「ぐぅっ！」

これまでにないほどの締めつけに俺もたまらず射精してしまった。ヌルヌルと絡みついてくるヒ
ダに誘われるように精液を吐き出し、タチアナさんに中出ししていく。

「ひうっ、ひゃぁっ……温かいの、お腹の中で広がってる……種付けされちゃったわ……♪」

やはり姉妹だからか、彼女が浮かべる嬉しそうな笑みは、先ほどのノエルにも似ていた。

けれど、激しいセックスで体力を消耗したのか余裕はなさそうだ。

「はぁはぁ……ごめんなさい、少し休むわ」

そう言って力なくベッドへ横になっている彼女を横目に、最後はセシリアのほうへ向かう。

俺の顔を見た彼女の表情が一瞬で和らいだ。

「ああジェイク……やっとだ！」

「待たせてごめん。でも、その分楽しませるよ」

俺は仰向けになっていた彼女の体をひっくり返し、四つん這いにさせて後ろから犯し始める。

「うぐっ！　はっ、ううっ！　ジェイクのに中を広げられてるっ……！」

「セシリアの体はまだ硬さ少しが残ってるかな。でも、すぐに蕩けさせてやる」

丸く引き締まったお尻を手前に引き寄せ、そこ目がけて腰を打ちつける。

「きゃうっ!?　あっ、んくっ！」

「セシリア、どうだ？」

「き、気持ちいいっ！　前のときと当たる場所が違って……ぁぁまたっ！　ジェイク、もっとぉ！」

どうやらセシリアはバックでのセックスもお気に召したようだ。俺が腰を打ちつけるたびに彼女の嬌声が聞こえ、ピストンであふれ出た愛液が足を伝ってシーツに垂れる。

「んくっ、はぁっ！　あんっ、あっ、あんっ、あくぅぅっ！」

両手で掴んだシーツを握り、なんとか快感に耐えようとするセシリア。

しかし、彼女の興奮はそんなものでは抑えられないところまで高まっている。

「はぁっ、んっ……ジェイクに抱かれると体が溶けてしまうっ！」

「俺もセシリアの中で溶けそうだ！」

ずっと俺とのセックスを待ち焦がれていた彼女の膣内は肉棒を逃がす気がないらしい。

得意の締めつけでギュッと抱え込み、さらに奥へ導こうとしてくる。

「くっ、キツッ……！」

思わずうめき声を漏らしながらも負けてはいられないと腰を動かす。

「ふくっ、ああっ！　私の中がジェイクに広げられてっ……くっ、ひぅぅ！」

「セシリアの声可愛いよ。ほら、もっと気持ち良くなって喘ぐんだっ！」

「ひうっ、ひぃぃぃぃんっ！　らめっ、待ってぇえ！　激しいっ、激しすぎるからあああっ!!」

セックスの体位はいろいろあるけれど、中でも後背位は男が一番動きやすい。

抱えている女の子の腰も動かせば、少ない労力で激しく深いピストンが実現可能だ。けれど、やられるほうからすればたまったもんじゃないんだろう。セシリアはもう何度も悲鳴を上げている。

「イクッ、もうイってしまうっ！」

「まだ駄目だよ。イクときは俺も一緒に中出ししてあげる。ノエルやタチアナさんと同じようにね」

「あ、ああっ……！」

彼女の視線が隣で寝ているふたりに移り、自分も同じようにされてしまうのだと悟ったのか、今一度膣内が締めつけられた。

「くっ……いや、セシリアは体力があるから、同じように続けて二度も三度も中出ししてようやく同等かな？」

「ま、待てっ！　連続でそんなにされてしまってはいくら私でも！」

「ふふ、そうかな？　でもまあ、まずは一度目だね」

彼女も限界みたいだけど、それは俺も同じだった。

さっき口で一度射精し、ノエルやタチアナさんにも射精したというのに欲望が治まらない。

そういう関係ではないのに、セシリアを孕ませたいという欲望がひっきりなしに湧いていた。

「……セシリア、もうっ！」

限界を感じて吐き出した言葉に彼女が応える。

「わ、私もイク！　いっしょにイクぞっ！　あぐっ、はぁはぁっ……んっ、イクッ、ひゃあぁっ!!」

セシリアが絶頂に身を震わせた瞬間、俺も今日何度目かの射精に至った。

「くっ、ふうっ……！」

自分の腰をセシリアのお尻にぴったりくっつけ、漏れださないように中出しを行う。

僅かに腰を動かすだけでグチュリといやらしい音が鳴り、彼女の胎（はら）が自分の精で満たされているのを感じて満足した。

「あうっ……はぁはぁ……連続は、無理だ……少し休ませてくれ」

「ふぅ……分かった。俺もちょっと休みたいかな」

ここまで何連戦もしてこっちも息が切れてきた。体力はまだあるけど、小休止は必要だろう。

セシリアから肉棒を引き抜いて、ベッドに腰を下ろすと彼女もそのまま倒れてしまった。

「はぁ、はぁ……」

「もう、お兄さんったら、いくらセシリアさんが冒険者だからってやりすぎはダメだよ？」

隣に崩れ落ちた彼女を庇うようにノエルが俺を見上げた。

どうやら少し落ち着いたようだ。タチアナさんも同じように体の向きを変えてこっちを見ている。

「ノエルの言うとおりね。しばらくはゆっくりしましょう。少し休めばまた……ね？」

いつになく妖艶な雰囲気を漂わせている彼女に思わずうなずく。

「あう、はぁぁ……私はまだまだできるぞジェイク……」

当のセシリアのほうもヤル気らしい。今日もまた長い夜になりそうだ。

転生してから二十年近く。

いろいろなことがあったけれど、今の俺にはこれだけ素敵な女性たちがついていてくれる。

この幸せを噛みしめつつ、これからも生きよう。そう思いながら、熱い夜を過ごすのだった。

END

あとがき

みなさま、ごきげんよう。愛内なのです。

今回は異世界転生で、最強チート能力持ちが主人公な作品です。

ごく一部の天才でもSランクステータスが限界な世界で、SSSランクという圧倒的ステータスを持っていますが、今回のお話は強敵をバタバタ倒して脚光を浴びてハーレム生活！　という訳にはいきません。

生まれ育った村を人知れずモンスターから守りつつ、初恋のヒロインに憧れる日々。

人間離れしてすごく強いキャラクターでも、人間臭い悩みを持っていると一気に親しみが湧いていいですよね。


そこで主人公はもちろん、ヒロインのほうも読者のみなさんに好きになっていただけるよう、可愛くエロくなるように頑張りました！

主人公の初恋の人で、気さくな美人のタチアナ。

彼女はしっかり者で、妹のノエルの面倒を見ながら家庭を切り盛りする優しい笑顔が素敵なお姉さんです。

こんなお姉さんがいつも気にかけてくれたら、それは惚れちゃいますよね！

続いて、そんなタチアナの妹のノエル。

お姉さんと違って奔放で、特にモンスターに関しては並々ならぬ好奇心を向ける少女です。

一癖ある性格ですが、エッチには積極的でいろいろご奉仕もしてくれちゃいます。

そして最後に、あるモンスターを追って村にやって来た女騎士のセシリア。

ストイックな性格で仲間からも引かれてしまうくらいなのですが、意外と可愛らしい部分もあるのでギャップ萌えに期待していただければ嬉しいです。


それでは、謝辞に移らせていただきます。

担当編集さん。いつもお世話になってばかりです。本当にありがとうございます。

そしてヒロインたちの素晴らしいイラストを数多く描き下ろしていただいた「ひなづか涼」さん。設定イメージ以上に可愛らしく、そしてエッチに描いていただいて、本当にありがとうございます！

表紙のタチアナお姉さん、最高です！

そしてなにより、本作を手に取っていただいた読者の皆様！　こうして本を出し続けられているのも皆様の応援のおかげです。

これからもより良い作品をお届けできるよう頑張っていきますので、なにとぞ、応援よろしくお願い申し上げます。

それでは、バイバイ！

二〇一九年三月　愛内なの

キングノベルス

Sランクが最高の異世界ですべてのステータスがSSSになっちゃった!

2019年 5月1日　初版第1刷 発行

■著　　者　　愛内なの
■イラスト　　ひなづか凉

発行人：久保田裕
発行元：株式会社パラダイム
〒166-0011
東京都杉並区梅里2-40-19
ワールドビル202
TEL 03-5306-6921

印 刷 所：中央精版印刷株式会社

KN065

捨てられ勇者は異世界で最高のヒロインに出会いました！

美女の癒やしで再生したら……残念！俺が最強でした！

異世界召喚されたイサムは、魔女の討伐を依頼された。同じく日本から来た美少女たちと共に、強い魔力で勇者となるが、しかしある陰謀から捨て駒扱いされてしまう。魔女ギネヴィアの助けで復讐者となり、凛々しき女騎士レノールに癒やされたイサムは、無敵の魔眼の力で抗い、世界の秘密に挑んでゆく！

日常男爵
Nichijyou Danshaku
illust: 鳴海茉希